週末カミング

柴崎友香

角川文庫
20159

目　次

ハッピーでニュー

ばさっと、本が落ちる音で目が覚めた。見ていた夢の感触と混ざり合いつつ、薄く開いたまぶたの隙間からつけっぱなしのテレビが見えた。暗い部屋の中でそこだけが光り、山が映っている。どこか知らないけれど、尾根には雪が残り手前の野原には小さな花が咲いている。

ああ、もう来年になったのかあ、いやあ、来年じゃなくて今年かあ、とわたしの頭の僅かに働いている部分が理解した。暑い。真冬なのに、なんだこの暑さは。肩に重くのしかかる布団と毛布の下で、汗と湿気が溜まっている。喉は、まだ痛い。口の中も鼻の奥もざらざらして、そのざらざらしたところに吸い込んだ空気が当たって咳き込んだ。

着替えたほうがいいよなあ、それから水でも飲んだほうがいいよなあ、と思うあいだに、まぶたは再び閉じようとし、それに合わせて思考も徐々に閉じていった。

今、このマンションにはわたししかいない。強盗が来て叫んでも暴れても誰にも気づかれない。死体だってしばらく、見つけてもらえないかもしれない。

窓の外でびゅううと突風が吹き、飛ばされた枯れ葉が窓ガラスに当たる音がした。何もかも乾ききっていた。

その次に目が覚めたときには、ぱっ、と目が開いた。今まで眠っていたことを忘れるくらい、突然目覚めた。

白い天井に、琺瑯(ほうろう)の笠(かさ)の照明。カーテンレールの上の隙間から差し込むなにかに反射した日光が、天井で揺れている。しばらくして、あ、喉が痛くない、と気づいた。重苦しい布団の中で体を横に向けると、背中がひりひりした。熱が出たあとはいつもこういう感じになる。神経がいつもより外側に出たような。

丸二日以上ついたままのテレビはほとんど聞こえないくらいに音声を絞ってある。晴れ着や羽織袴(はおりはかま)姿の芸能人たちが横長すぎるこたつに入って、太いマジックで文字を書いたフリップを出し合い大喜利を披露していた。音が聞こえない分、口を開けて笑う顔が演技に見える。やたらと金文字の並ぶセットに、ばかでかい門松。正月だ。判で押したような、正月。一つ長い息を吐くと、やっぱり喉の痛みがなくなっているのを実感した。熱も、ない。

手だけ伸ばして枕元に転がっていた携帯電話を拾い上げると、もうお昼を過ぎていた。届いていたメールを開く。

「あけましておめでとうございます☆ふつつかなオイラですが、今年もよろしくでやんす！！！　実家に帰っておるのでござるが、大雪でどこにも行けないなりー（泣）かなぴい。ヤマネ先輩はラブリィなお正月を満喫してくだされ！！！　仕事何日からですか？　オイラは4日、まじかよー、仕事したくねー、なんつってすみませぬ～。でわまたまた！！」

わからない。二十二歳のはずだ。しかも男子。去年ご飯を食べに行ったときに会った友だちの後輩で、偶然わたしが勤めている会社の向かいの花屋でバイトをしていて毎朝挨拶（あいさつ）するようになって、たまにメールが来る。見た目も普通にイマドキの、どちらかというと女の子にもてそうな頭のてっぺんをふんわり立てた髪型でかわいらしい顔立ちなのに、話し方は多少間延びした感じではあるがこんなに偏った方向にデコラティブではないのに、なぜメールはこうなのだろうか。オイラ……。かなぴい……って。

ほかに二通、友だちからもっとシンプルな年賀メールが来ていたが、返信するほど気力が回復していなかったので携帯を閉じ、とりあえずベッドから降りた。

フリースの膝掛け（ひざか）を肩からかぶってこたつで背中を丸くして肉うどんをすすっていると、三十一歳の女としてはそれなりにわびしい気持ちになった。肉うどんはこれで四食連続だった。十二月二十九日のお昼に会社が終わってそのあたりからちょっと喉がちくちくするなとは思っていたのだが、夕方から友だちと餃子鍋（ギョーザなべ）を食べに行って、帰りの電車では頭も背中も痛くて、インフルエンザだったらもう病院もやってないしタミフルもらえないしどうしようと思いながらとりあえず風邪薬とトローチと食料を買い込んで帰ってきた。食料は冷凍の肉うどん五つとあんかけラーメン二つとビタミンウォーター五本。おいしいので肉うどんばかり連続で食べてしまった。肉の脂身と鰹だしの混じり具合が、なんていうか……。

「テレビの前のみなさまー、あけましてーおめでとーうございまーす」

濃いピンクの振り袖を着た女子アナが甘い声で叫んだ。今日一日、テレビでは何回この挨拶が叫ばれるんだろうと思いながら、「動物おもしろ映像」と題されたすでに見たことのある投稿ビデオたちをぼんやり眺めた。黒い熊の子どもが立ち上がっている姿は、中に人が入っているとしか思えなかった。

だしまで全部飲み干してつるっと白いどんぶりを流しに持って行き、ビタミンウォーターを飲みながらテレビの前に戻った。風邪にはこれがいちばん効く、と信じている。ビタミンC一〇〇〇mg。チャンネルを変えたが、なんにもやっていない。いろんな番組が映っているだけで、ほんとうになんにもない。

テレビを消すと、部屋中にしいんと耳鳴りの音が充満するくらいに静かになった。人の声も車の音も、鳥の声も、なんにも聞こえない。

ダウンジャケットを羽織り、ベランダに出てみた。わたしが住んでいる三階建てのマンションに対して九十度の角度で建っているアパートのベランダが、いつものようにずらっと見下ろせた。一階と二階に四部屋ずつ。こんなによく晴れた日だと普段ならほとんどのベランダに洗濯物や布団がぶら下がっているのだが、今日は全然ない。見事にどの窓もカーテンがぴったりと閉められて、人の気配のないベランダと窓に燦々と明るい日差しが降り続けていた。

　昨日、紅白歌合戦が始まるちょっと前にカーテンを閉めようとして、いつもと違って明るい窓が一つもないことに気づいた。ベランダに出て身を乗り出してみたが、このマンションのほかの部屋からも明かりは漏れていなかった。星がよく見えるほど、暗い。もしかして、この一角には、今、自分一人だけなんだろうか。今、強盗でも来たら、叫んでも暴れても誰にも気づかれないで殺される。しかも、会社も休みだし友だちはメールの返事がなくてもお正月だしどっか行ってるのかもーと気に留めなくて、親も風邪だし寝てるしそれでなくてもめんどくさがってあんまり連絡してこないんだからあの子はなんてことで、何日か死体も発見してもらえないかもしれない。暖房利いてると冬でも死体って腐っちゃうよね。

　本気で怖かったわけではないが、カーテンをぴったりと閉めドアの鍵とチェーンも確認した。自分自身、毎年実家に帰っていたから東京で年末年始を過ごすのは初めてで、ここまで人がいないとは意外だった。家族のつながりが失われてるとか、不景気でレジャー需要は減って若者は車にも海外旅行にも興味がないとか、そういうニュースばかりが配信されているのに、みんな、どっか行ってるじゃないか。行くところがあるんじゃないか。軽く憤慨しながらそのときも肉うどんを食べて、布団の中から紅白を見た。紅白歌合戦なんて子供のころを含めても今までちゃんと見たことがなかったので、あいだにやたらと入る応援合戦が物珍しく、こういうのを日本の半分近い人が見てるのかーと今更ながら感心した。トローチを舐めながら、中間のニュースが始まる前に寝入ってしまったのだった。そして、寝ている間に新しい年になっていた。

冷たい空気に身震いして部屋に戻った。家にいるからって元旦から洗濯なんかしないしな、部屋にこもってる人もいるかも、と思い直す。丸々二日間寝続けていたせいで、ここ何年もなかったくらいに頭がすっきりと覚めていた。こんなに冴(さ)え渡っているのに、行くところもすることもない。コンビニに食料の調達に行こうかと二日ぶりに顔を洗った。

部屋を出てひたすらまっすぐ五分ほど行くと、角にレンタルビデオ屋があって、そこを曲がると商店街になる。「謹賀新年」の旗が揺れるその通りまで来ると、やっと人の姿が増えてほっとした。駅の方向へ歩くと、他の人が全員こっちに向かってくる。皆、初詣(はつもうで)でも行った帰りなんだろう。破魔矢を持っている人もちらほらいた。それでも、普段は人と車と自転車をよけながら進まなくてはならない道路はゆったり和やかで、年中無休のスーパーを含めて商店はシャッターが閉まり、貼り紙がしてあった。「8日から営業いたします」などという文字を見て、一週間も休みやがって、と心の中で悪態をついてみた。

開いていたのは、牛丼屋と酒屋と本屋だった。いかにも町の本屋という感じの書店は、普段は表の雑誌棚の前で立ち読みする人くらいしかいないのに、今日は狭い店の中もいっぱいだった。みんなすることないんだなー、と勝手な共感を寄せつつも中には入らず、その向かいのコンビニで冷凍の鍋焼きうどん二つと冷凍の天ぷらそばとヨーグルトとシュークリームを買って、来た道を戻った。

空は青く高く、冬の太陽が低い角度から差していてまぶしかった。

レンタルビデオ屋も営業していた。開け放たれたドアからカウンターが見え、青いジャンパーを着た店員たちがなんにもめでたくない顔でバーコードを読み取っていた。学生らしいぱっとしない男の子の働きぶりに若いのにえらいと感動し、なにか借りることにした。

しかし、どうしてもこれが見たい、というのがないと、DVDがぎゅうぎゅうに詰まった棚の前で、毎朝クローゼットを開けるたびに「こんなに服があるのに今日着る服がない」と途方に暮れるのと同じように、なんだか今ひとつぴんと来るものがなくて行ったり来たりすることになる。

それでいつもは見ない「任侠(にんきょう)・Vシネ」の棚の前まで流れてきて、ジャケットをこちらに向けて並べられていた中段の真ん中の、一つのDVDに目を留めることになった。

女優が二人、並んで写っていた。「極道お水II　六本木(ろっぽんぎ)戦争頂上対決!」

一人は真っ赤、一人は紫の、前が深く切れ込んで胸の谷間を強調したキャバクラ嬢用ドレスを着ていて、彼女たちの足下にはチンピラ風の男たちがひれ伏している。真ん中の真っ赤なドレスの、やたらと目が大きい女優に少し隠れるように、体を斜めにしてこっちをにらんでいる紫のドレスのほうの女優。桜吹雪の入れ墨が描いてあるその肩の辺りに、名前があった。

「矢野まりさ」

わたしはDVDを手に取り、矢野まりさの顔をじっと見てから、裏返してみた。主演の赤いドレスの子は知らない名前だったが、やくざ役の男優たちの中には、一時はテレビドラマでよく見かけたけどそういえばここ何年か見てなかったという感じの名前が、いくつかあった。DVDを棚に戻す。隣には「キャバ嬢刑事　蛍桃華の事件簿」、反対側は「殺し屋女王様　もっと叱って」。どっちも、数年前にはちやほやされていたグラビアアイドルが主演で、共演者たちも似たような位置づけの人か知らない人だった。

こういうジャンルがあるのか、と素直に感心し、もう一度「極道お水Ⅱ」を手に取り、裏面の写真でマシンガンを構えている矢野まりさを確かめてから、レジに持って行った。

レンタルビデオ屋を出るともう夕闇が迫っていた。帰ってきて裏のアパートと自分のマンションのベランダを見たが、やっぱり誰もいないように見えた。うちのマンションには各階三つずつ計九部屋あるのだが、九つのポストの全部に宅配ピザと新築マンションのチラシが差されたままになっている。一部屋は空き部屋なのだが、あとは全員、おでかけ。いいなあ、どこ行ってるんだろなあ、と思いながら年賀状の束を取り出し、冷え切った風が吹き抜ける階段を三階まで上がった。

冷凍そばを鍋に入れてコンロの火をつけた。茶色いだしの凍った部分が雪平鍋の底でスケートみたいに滑って、少しずつ溶けていった。

「年越しちゃったそば」のどんぶりをこたつに置き、DVDを再生した。「キャバ嬢刑事」や「武闘派ガールズ」などの予告が延々流れたあとようやく始まった「極道お水II」の冒頭は、やくざの組事務所で、黒革ビキニに網タイツ、背中に竜の入れ墨の女優が二丁拳銃で暴れ回る場面だった。やたらと血しぶきは飛ぶし、頭が吹き飛んだり切られた腕が転がったり、まあそれなりにばかばかしく低予算の中でがんばって作りましたという心意気が感じられる映像だな、と思って見ていると、女優の腕が肘からすぽっと外れて銃口が出てきてやくざたちを皆殺しにした。

何モードで見ればいいのか定まらないまま画面を眺めているうちに、ライバルのキャバクラを仕切る女が登場した。矢野まりさだった。露出の多いロングドレスでクラブのソファに深々ともたれ、悪徳警察署長と密談していた。まりさは、求められたことに完璧に応える演技をしていた。性格の悪い、ナンバーワンキャバ嬢で、色気を振りまいて男を手玉に取る、ステレオタイプの登場人物。顔もハスキーな声も矢野まりさに違いなかったが、わたしは不思議なほどなんの感慨も湧き起こらなくて、ただ台本通りに動く彼女をぼんやり見るしかなかった。

十年以上前のある時期、矢野まりさ、という名前はわたしにほんの少し、ちょっとした、ざわざわした感情をもたらした。そのときわたしは十九歳で、矢野まりさは十六歳だった。潔いショートヘアに不安定なほど長い手足の十六歳の矢野まりさは、いつもどこか不機嫌そうなまなざしを写真の中から投げかけていた。

タランティーノや「仁義なき戦い」のパロディっぽいアクションシーンと、久々に見た男性タレントの顔をしばらくは楽しんではいたが、乱闘、密談、お色気、殺戮の繰り返しに飽きてきて、風呂でも入ろうかと沸かしに立ったとき、携帯電話が鳴った。沖縄に旅行に行った友だちからのハイテンションな「おめでとー」が頭に浮かび、自分の今の状態とのギャップに疲労を感じつつ携帯電話を開くと、「神田川悦子」と文字が並んでいたのでひるんだ。

会社の隣の部署で、五つか六つ年上の人。親しくはない。電話をもらうのも初めてなので、会社か会社の人になにかあったんだろうかと悪い想像がよぎった。

「はい」

「あーっ、山根ちゃーん？　明けましておめでとうございますぅ」

異常に賑やかな、というよりは、叫びに近い声が携帯から響き渡って、耳を少し離した。

「あー、おめでとうございます」

「あのね、ちょっと聞いてみるんだけどぉ、山根ちゃんて今帰省中ですか？」

「いえ、東京にいます、ちょっと風邪引いちゃって……」

「えーっ、ほんとにぃ？　いる？　いるんだ、こっちに」

「ええ」

「お願いします、泊めてください」

神田川さんの声は、切羽詰まっていた。

　半年前、同僚のお父さんのお通夜に行った帰り、神田川さんの家が隣の駅だということが判明した。ご近所さんだからなんかあったら助け合いましょう大地震が来たらウチの裏の家に井戸があるから、と神田川さんに言われて連絡先を交換した。そして今、助け合いのときが来たのだ。

「はあ、えーっと」

「もうほんと最悪なんだけど鍵を実家に忘れて来ちゃってそれも今家の前まで来てやっと気づいたんだけどもうバカだよねそれで心当たり電話したんだけどみんなどっか行ってんの実家とか温泉とか家にいても姑が来てるとか。それで。山根ちゃんってご近所さんだったなーって思い出して。泊めてもらえるだけでいいから、ちょっと部屋の隅のほうに置いてもらえれば、荷物だと思って」

　寝込んでいたあいだの澱んだ空気がまだ残る、散らかった部屋を見渡してから、答えた。

「いいですよ。部屋、すっごい汚いんですけど」

「いいの？　ほんとにぃ？　山根ちゃん、優しいね親切だね、ご恩は一生忘れません。

じゃ、今から行くんで。駅のどっち側だっけ」

「あー、改札まで迎えに行きます」

「いいですいいです、こんな寒いのに申し訳なさ過ぎます。あ、住所言ってもらったら、iPhoneだからこれ、すぐ行けちゃうから」

わたしが住所を告げると、メモするところがないらしい神田川さんは番地を何度も繰り返してから電話を切った。わたしは慌てて散らかしたゴミを集めながら、あれ、神田川さんて結婚してたよな、と思い出した。

十五分もしないうちにインターホンが鳴った。インターホンのモニターに、ニットキャップを目深にかぶり、ごついダウンジャケットで布団の塊みたいになっている神田川さんが映った。

冷え切った空気とともに、神田川さんは遠慮せずに部屋に上がった。

「だいじょうぶだいじょうぶ、床が見えてるじゃない。収納アドバイザーの人に聞いたんだけど、今まで行った中でいちばんひどかった部屋は髪の毛で床が見えなかったんだって。そんなに抜けたら禿げてるよね。意味不明、ホラー？」

片付ける暇もなかったわたしは、こたつをベッド側に寄せて神田川さんが座るスペースを作った。一部屋しかないのにベッドとこたつを置くと万年床と変わらないな、と思った。

こたつから少し離れて正座した神田川さんが言った。体積が大きいので、圧迫感があった。

「帰省しなかったの？」

「風邪引いちゃって」

「ええー、まじっすか。言ってよ、そんな」

言いましたよ。

「いや、まあ、もう治ったんで。だいじょうぶです。あの、神田川さん、ダンナさんは……」

「夫は夫の実家。お互い一人っ子だからさ、こういうときは自分の親優先で。でもウチの親今晩からゴルフ旅行行くとか言うんで先に帰ってきたんだけど、まさか鍵忘れるとはねー。ほんとごめんねえ、押しかけちゃって。明日は泊めてくれるとこあるから」

神田川さんはそう言いながら、実家に帰っていたとは思えない少ない荷物、小さいリュックサックを開けて化粧ポーチを取り出し、コンタクトレンズを外して眼鏡をかけた。

「いや、実は大晦日からこのマンション、わたし一人しかいないみたいでちょっと怖かったんですよね。裏のアパートもずっと真っ暗で」

「あらそうなの」

神田川さんはさっと立ってカーテンの隙間から窓に顔をくっつけた。

「一つ、電気ついてるわよ」

わたしも横に並んだ。

「あー、あそこかあ。ベランダに冷蔵庫とか発電機とか訳わかんない物積んでるしパラボラアンテナ四つも付けてるし不気味なんですよ。住人は見たことないし余計怖いかも」

と言ったところで、わたしはくしゃみを一つした。

「山根ちゃん、無理しないで。寝て寝て」

「いや、寝過ぎて寝られなくて」

「じゃ、布団入りなさい。座ってるだけでも体力消耗しますから」

神田川さんはベッドの毛布を持ち上げた。

「わたし、二日ぐらい風呂入ってないんで、お風呂入ろうかと思ってたんですけど」

「あああもう、わたしまた邪魔したのね。入って、入ってください、ゆっくりあったまって」

「いや、その前に、神田川さんの寝るとこ……。あの、このベッドに敷いてる低反発マットを、こっちのラグの上に持ってきたら寝れますから。あと、毛布が……」

「やりますやります、これを、こっちね」

神田川さんは手際よく掛布団とシーツをめくった。

「じゃ、あの、適当にテレビとか、そこに積んでる雑誌とかも見てもらっていいですから」

「がってん承知のすけ」

神田川さんがガッツポーズを取ったのを見て、花屋の男子からの年賀メールが思い起こされた。今日はこうなる運勢だったのかもしれない。

湯船に浸かっていると、部屋からの音は聞こえなかった。立ち上っていく湯気を眺めながら、矢野まりさとサエちゃんのことを考えた。

サエちゃんは、東京の大学に進学した高校の同級生のバイト先の友だちで、わたしが大学一年の夏休みに東京に遊びに来たときに急に都合が悪くなった同級生に代わって泊めてくれた。好きな映画なんかの話が合って夜遅くまでしゃべり、翌日起きたのは昼前で、サエちゃんが朝風呂に入っているあいだに、置いてあったカルチャー誌をめくると、矢野まりさが載っていた。シャンプーのCMに出演して美少女と騒がれたと思ったらアメリカで注目された若い映画監督の次回作の主演に抜擢されたころで、その映画にまつわるインタビューだった。ニューヨークの公園で撮られたモノクロ写真のまりさは、凛々しかった。左のページに十六歳のまりさの言葉が並んでいた。

わたしにはやりたいことがはっきりとわかってるの。監督もまりさが映っている画面は意志が見えるようだ、って。次の映画の話もしたのよ。気がついたら朝になるまで話してた。監督は今もう一本映画を撮ってて、その映画に出ている女優さんのことを聞くと悔しい。監督にはわたしだけを撮ってほしい。いい映画にするって、自信あるから。

「あ、それ」

風呂から上がってきたサエちゃんが、バスタオルで髪を拭きながら、ベッドに腰掛けた。

「そのインタビュー、読んだんだ？」

「なんていうか」

わたしは、胸のあたりに湧き上がっていた重く冷たい感触を確かめるように言った。

「落ち込まされた、っていうか」

「だよねえ、そうだよねえ。わたしもなんかどーんってなっちゃった。もともと別世界の子なんだから、比べてるってわけでもないんだけど、なんか……」

サエちゃんはわたしの手から雑誌を取り、二枚載っていたまりさの写真を繰り返し見た。オレンジのにおいがした。

「わたしもねえ、なんだろうね、この感じ。なんかわからないけど、違い過ぎてショックなのかなあ」

「べつに女優になりたいわけでもないし、この監督がすごい好きとかでもないし……」

「若くてかわいい子を妬んでる、みたいに思われたら最悪なんだけど、なんて言えばいいのか……」

実際、その記事に限らず矢野まりさの発言は生意気だと、同年代や少し年上の女子からは攻撃の対象になっていた。騒ぐほどかわいくないじゃない、オヤジに取り入って、ムカツク。

「そうなの、そうじゃないの。だって、この子、ほんとにかわいいし、ほかのかわいいモデルの子とかわたし結構好きだし」

「なんなのかな、この気持ち」

「なんでこんな気持ちにさせられなきゃいけないの」

と言って、サエちゃんは笑った。

こんな気持ち、がどういう気持ちか、あのときわたしもサエちゃんも言い表すことができなかった。ただ、お互いが同じような感情を抱いていることだけがわかった。

わたしは頭にお湯をかけながら、あのときの感じをよみがえらせようと試みた。嫉妬(しっと)、はもちろんあると思う。女子が自分よりかわいい女子(特に年下)に抱くありふれた妬み。映画の世界に興味があったから、好きな監督に気に入られていることに対して。もしくは、彼女になりたいという憧(あこが)れ。それは裏表で結局同じことだけど。でもそれだけじゃない。それだけじゃなくて、たぶん。

わたしたちは、思い知らされた。

自分がもう十六歳ではないこと。映画制作に関わることなどこの先もないこと。彼女のように確信を持って振る舞うことができないこと。そのほか、もろもろ。

薄々は気づいていたかもしれない、たとえもともとぼんやりとしたものだとしてもあるかもしれなかった可能性が、すでに自分にはなくなってしまっていることを、思い知らされた。

　そうなんだろうか。言葉にしてみるといかにも正解のようになって、かえって嘘をついている気持ちになった。

　その後、矢野まりさとそのアメリカ人監督との二作目は実現しなかったし、その監督もう何年も映画を撮っていない。矢野まりさはしばらくは映画やテレビドラマに出ていたけれどなぜかヒット作にもいい役にも恵まれなくて、だんだん見なくなった。

　それから、サエちゃんにも、会っていない。メールのやりとりはしていたけれど、結婚して引っ越すという知らせのあと連絡が途切れた。紹介してくれた同級生も、もう連絡を取っていない、と言っていた。

　部屋のドアを開けると、神田川さんがテレビの真ん前に座り込んで「極道お水Ⅱ」を見ていた。

　キャバクラの店内の乱闘シーンで、下っ端キャバ嬢たちのドレスは破れ、巨乳もお尻（しり）もあちこちで露出していた。

「山根ちゃん、おもしろい趣味してるね」

「あー、いや、違います違います、ちょっとその、ほら今マシンガン出してきた女優、その子が見たくって」

「マシンガンとか日本刀とかむちゃくちゃだね、これ。あーあ、首飛んじゃったよ。…

…だれ、これ？」

神田川さんは眉間にしわを寄せて、画面に近づいた。

「矢野まりさです」

「まりさ？　なんか聞いたことあるようなないような」

「十年ぐらい前にCMとか結構出てて……」

説明したが、神田川さんはぴんとこないようだった。まりさの出演した映画はいわゆるミニシアター系だったし、表紙を飾った雑誌もメジャーなファッション誌ではなくモード系やカルチャー誌が多かったから、懐かしい話題で盛り上がっているときも名前が出ることは少なかった。

「ふーん。落ちぶれたんだねえ」

神田川さんの言い方は、親戚のおばちゃんのようだった。

「ま、そうですね」

「ていうか、こいつもこいつも忘れてた人ばっかですな」

ストライプのスーツやアロハシャツというわかりやすいチンピラスタイルの男たちを、神田川さんは画面の上からつついた。

「リサイクルだね。エコだ」

リサイクルされた男たちは、血まみれになり床を転げ回っていた。

「何が違うのかなって」

わたしの声で、神田川さんはこっちに振り返った。わたしはベッドに腰掛けた。

「矢野まりさって、すごいかわいかったんですよ。オーラっていうかカリスマっていうか、めちゃめちゃ陳腐な言い方ですけど、そういうのがあって、でもいつのまにかこうなってて。どこが境目でそれがなくなっちゃうのかなって」

「事務所ですよ、ジムショ」

神田川さんは、急に声をひそめた。

「事務所の力関係で決まってるの。こいつのファンていう人聞いたことねーって感じなのにずーっとテレビ出てるやつもいるじゃないですか。ああいうのは事務所が権力持ってて、かつ、そいつが役員とかのお気に入りなんですよ。去年も急にドラマ降板して引退状態になっちゃった子いたでしょう、あれも黒幕が糸引いてるって」

秘密結社が戦争を操っているという都市伝説を語る人のような訳知り顔で、「あの人は今」状態の芸能人の消息を五人分教えてくれた。

「よくあることだよね、人気絶頂みたいなアイドルも人生流転だもん。離婚とか借金とか」

と神田川さんは言い、いつの間にか自分で入れていた熱いお茶を飲んで一息ついた。

「いや、なんていうか、そういうんじゃなくて、わたしもうまく言えないんですけど、こういう姿を見たくなかったっていうか」

見たくなかった、というのもたぶん違う。見てもたいした感情がわかなかったことのほうに、動揺しているのかもしれない。十二年前、落ち込まされた自分の気持ちも、それから、サエちゃんと過ごしたあの時間さえも、意味がなかったことになるような気がして。

神田川さんは、不審そうな上目遣いでわたしを見た。

「ファンだったの？」

「いや、好きか嫌いかって言われたら好きのほうになるとは思うんですけど……」

きっと、今、わたしはまた思い知らされている。マシンガンを構えた二十八歳の矢野まりさの姿によって、なにかを思い知らされている。それは何年か後にしかわからないのかもしれない。今のわたしの中で、なにが起こっているのか。

「山根ちゃん」

わたしはテレビ画面から視線を離した。

「その『いや』っていうの、癖なの？　否定から入るのはよくないよ。あと、だけど、とか、でも、とかもね。悪い運気を引き寄せちゃうから」

神田川さんは微笑んでいた。人からそんな指摘を受けたのは初めてだ。

「そうですね」

と言いかけて、大きなくしゃみをした。かなりわざとらしくなってしまった。

「あーっ、ごめんなさい！　もう、寝て寝て寝て。布団、入って。湯たんぽとかないの」

「ないです」

「買ってこようか？　あー、休みかー、ていうか夜か」

神田川さんがうろうろし始めたので落ち着いてもらおうと思って、わたしはとりあえずベッドの上でクッションにもたれ、下半身に布団を掛けた。座り直した神田川さんは「もう止めていいよね？」とリモコンを操作してDVDを停止し、テレビに切り替えた。しばらくチャンネルを落ち着きなく替えていたが、芸能人がカラオケを正確に歌うことを競う番組の正月スペシャルに落ち着いた。そして画面に出てくるテロップに合わせて小さな声で歌い始めた。この手の番組をしっかり見る人っているんだな、と思った。

神田川さんの iPhone が鳴った。

「もしもしぃ？　あー、はいはい、おめでと。お母さんどうだった？」

神田川さんは、電話の向こうの相手に頷（うなず）きながら、わたしに向かって口をぱくぱく動かした。
（オット）
わたしは頷き返し、テレビのチャンネルを替えたいと思ったが、リモコンは神田川さんのお餅（もち）みたいな太ももの谷間にあった。

「それが鍵（かぎ）実家に忘れて。最悪。で、会社の後輩の女の子のとこに泊めてもらってるの。ウチから近くて、助かったわあ。山根ちゃんて、ほら、前に古い映画とか詳しい子がいるって言ったでしょう。……ちょっと待ってね」

神田川さんが差し出したiPhoneを受け取った。男の人の声が聞こえた。神田川さんよりもずっと年が上のような、低い声だった。

「どうもどうもどうも、神田川正也（まさや）と申します。この度は多大なご迷惑をおかけして申し訳ございません」

「いや、」

と言いかけて、神田川さんのほうをちらっと見たが、神田川さんはまたテレビに視線を戻していた。最近よくテレビに出ているけどなんの仕事をしているのかわからない変な髪型の男の子が、よく聞くけれど誰の歌かわからないバラードを熱唱していた。

「おかげで賑やかになってよかったです」

「そう言っていただけるとありがたい」

何歳ぐらいなんだろう。背後は妙に騒がしかった。親戚が多いのだろうか。

「お詫（わ）びに、お土産買っていきますよ」

「いやいや、お気遣いなく」

「なにがいいですか？」

「えーっと、まあ食べ物系で……、あの、ご実家ってどちらなんですか？」

「ハワイです」

「え、ハワイ？」

神田川さんが、テレビを見たまま頷いていた。

「オアフ島です」

と言ったあと、正也さんは電話の向こうの人たちに向かって英語で、ちょっと静かにしてくれよ的なことを言った。

「ごめんなさい、年明けて一時間経ったのにまだ騒いでて」

わたしは時計を見た。ハワイは、まだハッピーニューイヤーな感じなのか。東京はすでに、お正月に飽きはじめている。

「あの、じゃあ、コナコーヒーかマカダミアナッツチョコで……」

「了解です。では悦子さんをよろしくお願いいたします」

遠い場所とつながっていた電波の糸は切れた。神田川さんは、こたつの上に置いていたわたし宛の年賀状をめくっていた。十五枚ほどあった。

「家族写真、多いねー」

結婚しました、家族が増えました、と添え書きされた写真入り年賀状があると、神田川さんは服装のセンスや子どもの名前に寸評を加えた。ほかは、洋服屋や歯医者からだった。年を経るごとに、元日にぴたりと来る年賀状は少しずつ減っている。

「三十までに結婚して子ども生まなきゃ、って思う人は、年賀状も一月一日に着くように出さないと、と思うのかも」

「ははは｜」

という神田川さんの乾いた笑い声と同じくらい、わたしが言ったことにも中身がなかった。

「山根ちゃん、花屋の男子とはどういう関係」

急に鋭い声になったので、なにか怒られるようなことがばれたのかと不安になってしまった。

「ほら、会社の前の、こじゃれた……。かわいらしい顔だし、いい雰囲気とか？」

「あれはたまたま友だちの後輩で。九歳も下だし。メール見てくださいよ、さすがに疲れるっていうか」

カラフルな絵文字がぱくぱく動く年賀メールを、神田川さんはしばらく凝視した。

「あーだめだ、これは」

「変わってますよねえ」

「語尾とかじゃなくて、自己完結してるでしょう、この子。彼女とか、いらないんじゃないかな」

「なるほど」

わたしは、二年前に別れた男のことを考えた。でもまあ、自分だって人のことは言えない。

エアコンの乾燥した熱風が、本棚の上に一応飾った千両の葉を揺らしていた。部屋の中で正月らしいものはそれだけだった。神田川さんはようやくチャンネルを替え、定時のニュースを見せてくれた。天気予報の画面に並んだ雪だるまが、落ちてくる雪を目で追っていた。明日は日曜日。

「神田川さんは、なんで結婚したんですか？」

リモコンを握ったまま、神田川さんはちょっと首を傾げた。

「結婚してくれって言うから」

さっき聞いた、低い声を思い出してみる。ハワイは、暑いんだろうか。ハッピーニューイヤー！　と叫んで海に飛び込んだりするんだろうか。

「理由聞きました？」

「怖いから聞いてない」

「へー」

部屋に、自分以外の動くものがいるって、新鮮だ。わたしがしようと思っていないことをする。わたしが触らなくても、物が動かされている。

肩が冷えてきたので、布団に潜った。神田川さんはテレビの音量を下げた。

「電気消す？」

「あ、だいじょうぶです、わたしどんなに明るくてもうるさくても寝れますから」

「うらやましー」

神田川さんは言うと、自分のリュックからみかんを三つ出してきて食べ始めた。

蛙王子とハリウッド

日陰になっていてそこだけがようやく暑さの遮られているコンクリートの階段を上ると、全面ガラスの壁とドアがあり、ガラス越しに明るい色の大型本が並ぶスチールの棚が見えた。「BOOK STORE」と赤く切り抜いた文字が並ぶドアの取っ手の脇には、薄い蛍光色のメモが貼ってあった。

そこに書かれたくるくる丸まったアルファベットとてるてる坊主みたいな顔が泣いている絵を、陽蔵は、じっと見てから、それを剝がして反対の手で鍵を開けた。

陽蔵の後について、店に一歩入ると、閉じこめられていた熱気にまた汗がにじんできた。道路に向いている側の壁は、腰の高さから上は全面ガラス張りで、向かいの白いマンションが真夏の日差しに光っていて眩しかった。そこから目を移すと店内は薄暗くて、誰もいないカウンターにパソコンのモニターが載っているのが窓の外からの光でシルエットになっていた。

「あっちー」

陽蔵は、入ってすぐ右手にある、壁と同じ薄いピンク色のドアを開け、いくつかのスイッチを入れた。背中合わせに本棚の並んだスペースを蛍光灯が順番に照らし、天井にはめ込まれたエアコンがぶうんと低い音を立てはじめた。七月末の日差しの中を、しかも太陽がいちばん高いところにある時間に自転車で走ってきたので、陽蔵の黄色のTシャツの背中には汗でうっすら模様ができていたし、わたしも髪が湿ってはりついて余計に暑かった。

「うわ、お茶飲まれてるやん。まじかよ」

陽蔵は、ストックルームらしい細長いスペースの入ってすぐのところに置かれた冷蔵庫に頭をつっこんで、わたしのことはまったく気に留めてないみたいに、文句を言っていた。壁紙も貼られていない、スチールのロッカーに段ボールが重なったその狭い部屋は、店の中に比べると乱雑で古びて見えた。

わたしは、ガラスの壁を背にしたレジカウンターに沿っていちばん奥まで行き、店の中を見渡した。学校の教室くらいの広さの正方形のスペースは、壁も天井も薄いピンク色で、なんとなく子供部屋を連想させた。背中合わせになった棚が四列、それから壁際にぐるりと棚があった。本屋さんによくある木の棚ではなくて、一人暮らしの友だちの家に必ずある銀色のポールで組み立てるラックだったし、普通の本屋さんみたいに本棚にびっしり本が詰まっていなくて、棚によっては半分くらいしかないところもあったから、本と棚との隙間から向こうがよく見えた。奥の壁際の棚には旅行ガイドが並んでいて、辞書みたいな幅の背表紙に「JAPAN」とある本を引き出してみると、表紙は富士山と舞妓(まいこ)さんの写真だった。外国向けのものには必ずある組み合わせだけど、舞妓さんのいるところから富士山は見えないのに、と思う。

「てきとーに、座っといてええで」

まだ小部屋でごそごそしている陽蔵の声だけが聞こえた。

「うーん」

わたしは天井近くまである両側の本棚を見回しながら、店の中を一周した。本は日本のと外国のと半々ぐらいで、奥のほうには文字の詰まった本、店に入ってすぐ見える棚には写真集とか料理の本とか絵本とか、見た目のきれいな大型の本が並べられていた。レジカウンターの前にある低いテーブルには、絵本とそれに出てくるキャラクターのぬいぐるみが並べてあった。

「そこ、椅子あるから」

入り口のところまで戻ってくると、ちょうど陽蔵が小部屋から出てきた。陽蔵はわたしに店の説明をしたりしないで、さっさとカウンターの中に入ってパソコンの電源を入れ、たぶんカウンターの下にあるコンポかなにかもスイッチを入れたので、聞き覚えのあるクラシック音楽が流れ始めた。わたしは遠慮気味に、カウンターを回り込んだ。陽蔵は、立ったままパソコンを操作していた。せっかちなのか、不機嫌そうな顔でマウスをかちかち鳴らしている。そのすぐ横にある、黒いメッシュシートの立派なワーキングチェアのほかに、折りたたみのスツールがあったのでそれに座ろうとすると、

「そっち座っとき」

と、振り向かないまま陽蔵が立派な方の椅子をわたしのほうに押した。ありがとう、

と言ったけれど陽蔵はなにも返事をせず、わたしは黙って椅子に座った。椅子は押し返すような弾力があって、びっくりするくらい座り心地がよかったので、そのまま深くもたれた。首をひねって窓の向こうを覗くと、店の前の坂道を上った先、低層のマンションや一戸建てが並ぶ向こうに緑の深い六甲の山なみが見え、その上は目が痛くなるくらい青い空だった。

　昨日は金曜日で、会社が終わってからすぐに阪急電車に乗って、友だちが企画したオールナイトのイベントのために三宮の高架下のクラブまで来た。二つ下の妹が、今年の春から彼氏と神戸に住んでいて、二人もイベントに来ていたので夜中の三時頃いっしょにタクシーに乗って妹の部屋に帰って、泊めてもらった。そのとき、妹の彼氏の友だちだという陽蔵もついてきた。農学部の四年生だと言っていた。もう就職が決まっているらしい。

　陽蔵は、妹の彼氏に借りた去年のフジロックフェスティバルのTシャツを着ていた。黄色の背中に、出演者がずらっと書いてあり、わたしはそれを順番に目で追っていた。

「さっきのメモ」

　声と同時に、じっと見ていたTシャツのバンド名が急に動いたのでちょっと驚いた。振り返った陽蔵は、スツールを引き寄せて座った。

「土曜になったらいっつも来るカナダ人が、クビにしろってオーナーに言うたるからな、やって」

陽蔵は、来たときにドアに貼ってあったメモを見せた。わたしは英語はそんなにわからないけれど、営業時間になっても店が開いていなかったことに対する抗議が書かれていた。この店は十一時に開店することになっているのだけれど、もう十二時も過ぎている。陽蔵はわたしの手からメモを取り上げ、丸めてごみ箱に投げた。

今朝、妹の部屋で、妹も実家に帰るから、夕方までわたしがどこかで時間を潰していっしょに帰るか先に帰るか、だらだらしゃべっていたら、十一時前にやっと起きてきた陽蔵がこれからバイトだと言った。妹は、陽蔵のバイト先のこの本屋を知っていて、外国の漫画なんかもあっておもしろいと教えてくれた。

「いっしょに来る?」

寝起きの悪い陽蔵の誘いは、めんどくさそうな感じだった。そして、まったく急ぐ様子もなく言った。

「遅刻やな、大幅に」

ボーダーのサマーニットを着た小柄なおばさんが、イギリス式庭園の写真集をレジに持ってきた。陽蔵はほとんど自動的に組み込まれた作業のように、パソコンにつながったバーコードリーダーを本のうしろにかざしてキーボードを打った。レジスターというものはなくて、パソコンで管理しているみたいだった。幅が三十センチくらいの横長のその本は、五千八百円だった。

「プレゼントで、包装してもらえる？」

おっとりした調子で一万円札をトレイに載せながらおばさんが言うと、陽蔵はカウンターに置いてある見本を見せてリボンの色を聞いた。にっこり笑顔で、というわけではないけれど、店員としてのサービスが感じられる優しい聞き方で、アルファベットがデザインされた包装紙を手際よく重ねていく陽蔵を、斜め後ろから感心して眺めていた。

店を開けてすぐに続けて三人お客さんが来たけれど、買ったのはこの人が初めてだった。住宅地だし駅前でもないし、洋書や画集がメインの本屋なんて成り立つのかと思うけれど、近くには大学がいくつかあるし、このあたりは大きな家が多いから、このおばさんみたいな人が結構買っていくのかもしれない。財布をロエベのバッグに仕舞ったおばさんがわたしを見てちょっと笑ったので、わたしも愛想を返した。お客さんから見れば、わたしもアルバイト店員に見えるんだろうと思うけれど、わたしは所在なくてなるべく目立たないように、座り心地のいい椅子の端でじっとしていた。

「お待たせいたしました」

陽蔵はリボンを巻いた包みを紙袋に入れ、おばさんに渡した。陽蔵が、ありがとうございました、と頭を下げるのに少し遅れて、わたしも少しだけ頭を動かした。

ドアが閉まったのを見届けて、陽蔵が振り返った。

「客商売、向いてないやろ」

「いや、だって……」

わたしはバイトじゃないし、と言い訳しかけたけれど言えなかった。そんなわたしの困惑なんかはどうでもいいようで、陽蔵は、

「お茶買うてきてくれませんか？　信号渡って真っ直ぐ行ったらコンビニあるから」

陽蔵はポケットを探って千円札を出した。入れたまま洗濯したのかと思うぐらい、皺だらけのお札だった。

「なに茶がいいかな？」

「なんでもいい。ふつーの。樋口さんのも、おごったるし」

わたしがドアを開けると、学生らしい男の子が階段を上ってきた。黒縁の眼鏡に古着らしい船をモチーフにした細かい柄の半袖シャツを着ていて、いかにも美大にいそうなタイプだなと思ったけれど、勝手な思い込みかもしれない。狭い踊り場で擦れ違うとき、インドネシアの煙草の匂いがした。階段を降りかけると、ドアについているセンサーが鳴る音が響くのと同時にその男の子が、「おー、久しぶり」と言うのが聞こえた。

コンビニエンスストアはなにかのキャンペーンの最中で、レジで三角くじを引くとペットボトルのお茶が当たった。当たるとわかっていたら一本しか買わなくてもよかったな、と思った。写真週刊誌のヌードグラビアをこっそり見ようとしている小学生らしい男の子を横目に、外に出ると一気に真夏の昼間の熱気が押し寄せて、本屋に戻るまでのほんの二百メートルくらいの道にうんざりした。

暑さのせいか、先に見えるバス通りに出るまでの細い道を歩いている人影は見当たらなかった。六甲の麓に当たる住宅地には、ところどころ雑木林が残っていて、妹の家から自転車と徒歩で二十分もかからなかったのに、全然知らない遠いところへ来たような気がした。雑木林からか古そうな邸宅の庭からなのか、それとも坂の上に迫っている山からなのか、土と植物の匂いが漂ってくるのも、子供の頃は毎年行っていた山間の村にある父方の祖母の家の周辺を連想させて、旅行にでも来たみたいに錯覚する。

まっすぐな坂道を下った遠くには、海がある。海面はよく見えないけど、空の低いところが白く光ってまぶしい。どこの家もクーラーをつけて閉め切っているのか、人が生活している音が聞こえてこなかった。側溝の端で、苔が干からびていた。やっとバス通りの角まで出て、そこに建っている三階建てのマンションを見上げると、ベランダから小さい赤い花のついた鉢植えが覗いていた。横断歩道の向こう側には、マウンテンバイクにまたがった十歳くらいの子供の一団が信号待ちをしていて、そういえば今は夏休みで、それもあって旅行に来た気分がするのかもしれない、と思った。

わたしにはもう何年も前から夏休みなんてない。就職して最初にがっくりしたことは、春休みがないことと夏休みが五月の連休よりも短いことだった。この先、わたしには二度とあの長い夏休みはないのだと知って、それで突然わたしの子供時代というか青春時代というか、とにかくそれまでの時間が断ちきられて遠くなったと感じた。

実際に会社勤めの生活が始まってみたら、気持ち的にはそんなにたいした違いはなかったのだけど。

目の前を、市バスがゆっくりとしたスピードで横切り、見上げると一人掛けの座席からこっちを見下ろしている若い女の人と目が合い、彼女から見たわたしが映像となって思い浮かぶ。自分がバスに乗っているときは、道を歩いている人から見た自分を想像してしまう。バスが過ぎるとその向こうに、自分が十五分前までいた本屋のガラスの中に陽蔵の黄色い背中を見つけた。

さっきの船模様のシャツの男の子は知り合いらしかったからまだいるかと思ったけれど、店内にいたのは三十代くらいの背の高い女の人で、ペーパーバックの棚の前で熱心に次々と本を取り出してはめくっていた。

コンビニエンスストアの袋から三本のペットボトルを出して、陽蔵は、多少はお客さんに遠慮した小さめの声で言った。

「なんでふつーのんないの？」

「えっ？　お茶やろ」

再び高級チェアに座りかけていたわたしは、立ってペットボトルを確かめた。黒豆茶と韃靼(だったん)そば茶と、おまけにもらったのは熊笹や霊芝(れいし)がブレンドされた新製品だった。

「ふつーって言うたら、緑茶か烏龍(ウーロン)茶でしょう」

四つ年上のわたしに対して、ときどき陽蔵が使う丁寧語は、妙に威圧感があるというか、逆に陽蔵のほうが年上みたいに感じてしまう。

「ごめん、じゃあもう一回行ってくるわ。緑茶？」

「いいっすよ。黒豆茶で」

陽蔵は黒豆のイラストがデザインされたボトルを取り上げて、一気に半分くらい飲んだ。黒豆茶はわたしが飲むつもりだったのに、と思いながらもらった新製品のほうを飲んでみると最近飲んだお茶の中でいちばんおいしかった。

陽蔵が小さく、あ、と言ったので振り向くと、白髪交じりの髪をきっちり七三に分けた、マオカラーの白いシャツを着たおじさんが首もとの汗を拭いながら入ってきた。

「こんにちは。ああ、きみ、こないだの本どうやった？　おもしろかったやろ？」

痩せて頬骨の出た、五十代ぐらいのおじさんは、まっすぐ陽蔵のほうに向かってきてカウンターに肘をついて身を乗り出すように話しかけた。

「あれね、今度続編も出るんよ。もちろんぼくが翻訳することになってて。アメリカではかなり話題になってて、まあ日本じゃそないに売れへん思うけどね」

はあ、そうですか、と陽蔵は相槌を打っている。適当に流している感じではなく、ちゃんと聞いているように聞こえるのは、陽蔵がほんとうに聞いているからなのか、そう思わせる上手い相槌だからなのか、わからない。

一通り話をして気が済んだおじさんが、やっと気づいたようにわたしを見た。

「新しいバイトの人？」

「いえ……」

と言いかけると、陽蔵が、

「そうです」

と言った。おじさんは、観察するようにわたしを眺めた。

「そう。どこの大学？　何学部？」

「えーっと、もう卒業してて」

「フリーターいうやつやね。あ、今はニートっていうんかな」

わたしは返事に困って、陽蔵を斜め後ろから窺っていたけれど、おじさんはわたしの反応には構わず、黒いナイロンのリュックから薄桃色の表紙の縦長の本を出してきた。

「きみ、こういうの興味ある？　ぼく、貝原いうんやけどね、これ翻訳してるねん。ほら、ここ」

貝原さんが指差す先に、確かにその名前がある花束のイラストが描かれた表紙には、「あなたを幸せにする新・花占い」と書いてあった。

「星占いと花言葉を組み合わせたやつでね、まあぼくは占いとか全然興味ないんやけど、こういうの需要があるねん、アメリカでも日本でも」

ページをめくってみると、一日ごとに教訓ぽい言葉が書いてある。困ってまた陽蔵のほうを見ると、今度はわたしを見て少しだけ笑った。

貝原さんはわたしに一通り本の説明をし終わると、陽蔵に注文していた本のことを尋ねた。その話の転換ぶりは唐突で、わたしはなんだか道端に置いていかれたみたいな気持ちになった。

「ちょっと違うねんなあ。それやったら持ってるのよ。あとね、こういうの、わかるかな？」

持参したメモを陽蔵に見せると、陽蔵はパソコンで検索を始めた。振り返って外を見ると、ここに着いたときにはよく陽が当たっていた向かいのマンションの一階が日陰になっていた。その四角い影の端を目で辿って、わたしが今いる建物の影なんだと気がついた。山の上には、白く密度の濃い雲が出始めていた。

「じゃあ、また来ますわ。よろしくね。えーっと、きみは名前なんて言うんかな」

貝原さんは、くっきりした薄い二重の目でわたしをじっと見た。

「樋口です」

「樋口さん。もう覚えた。じゃ、よろしく」

黒いリュックを肩にかけなおして、貝原さんは急ぎ足で店を出て行った。

「けっこういい人やで、あの人」

陽蔵がパソコンを操作しながら言う。

「ふーん。翻訳家なん？」

「知らん」

陽蔵はそのままパソコンでなにか作業を始めた。わたしはすることがないので立ち上がり、店の中を見学した。妹は海外の漫画があると言ったけれど、今はもう置いていないらしかった。店のほぼ真ん中の棚には、大判の写真集が並んでいて、わたしは通路にしゃがみ込んで、中でも飛び抜けて大きいセバスチャン・サルガドの写真集を引っ張り出してめくった。何年も前からずっとほしいけれど、高いし大きすぎる。

「樋口さんて」

顔を上げると、陽蔵がこっちを見ていた。

「働いてるんでしょ？　なんの仕事？」

「ふつーの会社の営業事務」

「なにすんの、それって」

「なにって、注文書作ったり受注の管理したり」

「それだけ？」

「あとは会議の資料作るとか営業の人が出張行くの手配したり、お客さんが来たらお茶も入れるし」

「へー」

陽蔵は自分で聞いたくせにどうでもいいような返事をして、でも、わたしをじっと見ていた。わたしは写真集を閉じて、大きいし重いから元に戻すのに多少労力を使い、やっと立ち上がった。それから、カウンターの向かいの絵本をきれいに並べてあるテーブルの真ん中に座らされていた、蛙のぬいぐるみを手に取った。

「陽蔵は、もう就職決まってるんやろ？　なんの仕事」

蛙はパイル生地でできていて、手応えのない柔らかさだった。日本のキャラクターものに比べるとかわいいとは言えない、平べったい顔をしていた。そして頭には、黄色い小さな王冠みたいなものがくっついている。

「種屋さん」

「種って、植物の？」

「そう。種の開発」

「バイオテクノロジーとかそういうのんや。じゃあ、就職も決まって夏休みは遊べるね」

「そんなわけないやん。毎日農場行かなあかんし、来週からは四国にある試験農場で研究会、っていうてもほぼ農作業」

「そっか。忙しいんや」

「暑いねん」

たぶん今までも何度か行っている農場のことを思い出してか、陽蔵はほんとうにうんざりした顔をした。わたしは蛙王子のぬいぐるみを元の場所に戻し、カウンターに入ってさっきまで陽蔵が座っていたスツールのほうに座った。それを陽蔵はちょっとなにか言いかけるような顔で見て、それから今度はパソコンでメールチェックをし始めた。ドアに取り付けたセンサーのメロディが響き渡り、とても夏らしい、アジア雑貨店で揃えたような服を着たカップルが入ってきた。棚のあいだをゆっくり移動しながらバイトの同僚の愚痴をずっと言っていて、その声が静かな店の中に響いている。

わたしは、さっきまでとは逆の斜め後ろから陽蔵を観察した。昨夜、クラブの入り口で見かけたときからわたしは陽蔵が気になっていて、だからここにもついてきた。クラブでは一晩中、陽蔵の彼女もいっしょにいて、その子はベリーショートという美人しか似合わない髪型でとてもかわいいと思ったし、わたしも彼氏とは先週けんかはしたけれど不満があるとか別の人とつき合ってみたいとかいうわけでもなく、単純に陽蔵に興味が湧いた。顔なのかあんまり愛想のよくない態度なのか、〝ヨウゾウ〟というちょっと変わった名前の響きなのか、たぶんそういうのの全部なんだろうけれど。

陽蔵はメールを見終わると、残りの黒豆茶を飲み干した。爪が短すぎると思った。

アジアな格好のカップルは、相変わらずサンダルをぺたぺたと引きずって、棚をはさんでも構わずしゃべっていた。

「見て、これ。きのこの写真集やで。めっちゃかわいいない？」

「なあ、おれ、ブラジル行きたいわ」

また、お店の雰囲気に不似合いな電子音が響き、坊主頭に雪駄の背の高い男の子が入ってきて、カップルに、お待たせ、と言った。

この本屋のオーナーだという女の人は、まだ四十歳らしかったけれどそれより年を取って見えた。太っている、という印象ではないけれど、全体にぽってりして白い肌がすべすべした質感。だけど、視線は妙に鋭くて、とにかく、今までに会ったことのないタイプの人だった。店はちょうどお客さんが途切れて、妙に静かに感じた。

「でね、あとで荷物が届くから。適当に整理して置いといてくれますか？　ま、木村くんなら任せといて大丈夫だろうけど」

木村っていう名字なのかと思いながら、はっきりした返事をしている陽蔵を見た。あとで社長が来る、と十分ほど前に電話を受けた陽蔵が言ったとき、こんなところに座っていてもいいのかなと躊躇したけれど、陽蔵が気にしなくていいと言った通りに、オーナーは、店の高級チェアに収まっているわたしのことを陽蔵の友だちなのかとも聞きもせず、こんにちは、暑いわね、と知り合いのような挨拶をした。カウンターの前を行ったり来たりしているオーナーの、真新しい白いブラウスやブルーのロングスカートを、あれも高級品なのかなと思ってじっと見た。

オーナーが来るまでのあいだに、陽蔵から、オーナーは不動産デベロッパーの奥さんで自分も株だか為替だかで儲けてお金が余っていてこの本屋は趣味でやっているのだと聞いた。夫は競走馬も持っているし、その実家は田舎だけど駅から一キロメートルくらい離れているのに自分の敷地だけを通って帰れる。この本屋のビルは四階建てで上はマンションだけど自社の持ち物で、だからお客さんが来なくても売れなくてもいいねん。成金て、文化的なものにコンプレックスあるやろ。陽蔵がそこまで話したところで、ビルの前に水色の車が停まったのが見下ろせた。ミニバンだったけれど日本の車とは違う四角い形で、ベンツとかBMWとかポルシェなんかのわたしが知っているようなわかりやすいのではなくて、初めて見るマークがついていた。

「あなた、買い物や遊びに行くって、やっぱり三宮かしら？」

急に聞かれてちょっと戸惑った。オーナーの首元に巻かれたスカーフは、馬の絵が描いてあった。高級住宅地の人は関西弁をしゃべらない、と前に友だちが言っていたのを思い出す。

「わたしは大阪なので……」

「ああ、そう？　神戸は来ない？　あなたみたいな感じの人に働いてもらったらいいなと思ったんですけどね。新しいお店」

「お店、されるんですか？」

「うーん、まだね、場所も形態も詰めていないんです」

「ブックカフェはどうなったんですか？」

呆(あき)れた感じで笑って陽蔵が聞いた。オーナーは気まぐれを指摘された子供みたいにちょっとむきになって答えた。

「あら、それがまだ第一候補よ。ここの本も使えるし」

「前もそんなん言うて、結局バーにしはったやないですか。しかも半年ぐらいでやめて」

年上の扱いが上手いんやな、陽蔵は。感心するような羨ましいような気持ちで、わたしは二人のやりとりを眺めていた。

「あれねー、任せた人が悪かったんですよ。夫の同級生だったんだけど」

オーナーは照れたような仕草で髪を留めていたクリップを直し、それから真ん中の棚のあいだを通って突き当たりの棚の上のほうを探り始めた。

「木村くん、このへんにコーヒーの歴史の本なかったですか？　緑色の表紙の」

「あれは、向こうの棚に移しましたよ。えーっと」

陽蔵はカウンターを出て、オーナーが探している本を渡しに行った。そのあと、オーナーは全部で四冊の本をカウンターに持っていき、内側には入ってこないでカウンターに覆い被さるようにしてパソコンを操作した。それから、陽蔵に来週の予定を聞きながら紙袋に本を適当に入れると、帰っていった。

窓から下を見ると、オーナーが意外に素早い動きで水色の車に乗り込むのが見えた。片側二車線の道路には通る車も少なく、太陽にくまなく照らされて余計に暑そうに見える。

「あの車、高そうやね」

「あれ？　あれはそのへんのちょっとええ国産車と変わらへんで」

高級チェアに座ったまま回って振り向くと、陽蔵も窓の外を見ていた。わたしは恥ずかしい気持ちを隠そうと早口で言った。

「そうなんや？　車、詳しくないから見てもわからへんわ」

「まあ、ほかに三台くらい持ってるみたいやけどな」

陽蔵は、店のほうに向き直り、しばらく本棚のほうを見てぼんやりしていた。それから、言った。

「ここの店、月末で閉めるねん」

「ほんまに？　もったいないなあ」

陽蔵には、少しも残念そうな様子はなかった。いつの間にか開けていた韃靼(だったん)そば茶のペットボトルから一口飲んでから、陽蔵は続けた。

「だいたい洋書なんかみんなネットで買うからな」

「趣味でやってはるんちゃうの？」

韃靼そば茶のボトルには、少し前までは水滴がいっぱいついていたけれど今はそれもないので、だいぶんぬるくなっていると思う。

「飽きたんやろ。だから、ブックカフェとかなんとか言うてたやん」

オーナーとしゃべっていたときとは違う口調に、この人は就職してもうまくやっていけるかもしれない、と思った。お客さんは途切れたままで、確かにいくら趣味でも続けていくのは難しそうだった。

店に着いたときに比べれば陽は随分と傾いていて、直接日光が当たるわけではないこの店の中も、少し色合いが変わって見えた。棚に並ぶ、大きさの不揃いなたくさんの本は、わたしがほとんど読めないことがいっぱい書いてある。

「本、持って帰ってえぇで」

陽蔵が急に言い出した。スツールに座り、カウンターに肘をついた姿勢でわたしを見ていた。

「一冊か二冊やったら。在庫管理も適当やし、どうせ処分するんやから」

「どれでも?」

うれしがるわたしの顔を見て、陽蔵はわざとたしなめるように言った。

「サルガドはあかんで。先約があるから」

わたしは、今日何度目かで店の中をまたぐるっと見て回った。すかすかした棚のあいだをゆっくり歩いていたら、読書家でもないくせに、こういう部屋に住んでみたいと思った。タイトルを知っているペーパーバックがあってもどうせ読めないから、写真集にしようと思ってその棚の前に座り込んで物色した。でも、あんまりほしいのがなかった。

「なんか、めっちゃベタなん持ってきたな」

わたしがカウンターに置いた、「HOLLYWOOD FACES」というタイトルの、最近のハリウッドスターを男女取り混ぜて撮った写真集のジョージ・クルーニーの顔が大写しになった表紙を、陽蔵はしげしげと眺めた。わたしは、陽蔵に向かってページをめくって見せた。

「こういうの、結構好きやねん。いい顔してるやん」

ニコール・キッドマンが振り返って笑っている写真がいちばんいいと思ったので、そこを開いた。

「そうですか？」

陽蔵は、腑に落ちないという表情でわたしを見て、紙袋を広げた。ドアが開いて、妹が入ってきた。

敷地の広い住宅のあいだを降りていく坂道の下には、学校の建物が見えた。妹の菜実がきいきいとブレーキの音をたてながら運転する自転車の後ろに乗って、坂の下に見える住宅街とその向こうの海の光を、きれいだなと思って見ていた。夕方といえる時間になってもまだ首の後ろに当たる日差しが痛いくらい暑かったけれど、自転車のスピードで吹き抜けていく風が気持ちよかった。

「阪急で帰る？　JRにする？」

菜実の声は、風に巻かれて聞こえにくかった。うしろにいるわたしの声のほうがもっと聞こえないと思ったので、大きな声で答えた。

「阪急百貨店寄りたいから、阪急」

「なんか用事？」

「ロールケーキ買う」

昨日の夜からすごく時間がたったように感じて、もう週末が終わるような気もしたけれど、まだ明日は日曜日だから得した気分でうれしかった。

長い材木を積んだ、白い軽トラックが坂を登ってきた。自転車の前かごでは、もらってきた本が入った紙袋が、ときどき飛び跳ねていた。結局、わたしはあの平べったい蛙が出てくる絵本と椅子がたくさん載ったアートブックももらい、菜実もエスニック料理の本をもらった。蛙王子のぬいぐるみもほしかったけれど、言わなかった。陽蔵は閉店の八時までバイトだと言っていた。わたしと菜実が帰りかけた頃にもう一人のバイトの女の子が来た。わたしがずっと座っていた高級チェアに、陽蔵と同じ大学の二年生だというその女の子が座っているのを見たら、自分の場所を取られたみたいに思ったけれど、ほんとうはわたしのほうが拝借していただけだった。そして、ドアを閉めるときに店を振り返って、たぶんもう会うこともなさそうな陽蔵の黄色いTシャツを三秒眺めてから、出てきた。

カーブに沿ってしばらく西に走り、再び見通しのいいまっすぐな道へ出た。横断歩道の前で停まると、どこかでお祭りでもあるのか、浴衣を着た中学生くらいの女の子たちが角から出てきて、わたしたちと同じように信号が変わるのを待った。

「菜実ちゃん」

女の子たちの浴衣の柄を見比べながら、わたしは妹に言った。

「夏休みって、なにしてたっけ？」

一か月も、二か月も。

菜実はハンドルをしっかり握ったまま振り返った。

「さあ？　バイト？」

菜実はペダルから足を外してサンダルをぶらぶらさせていた。その影が、熱を持った歩道に映っていた。そういえば、お昼を食べ損ねた。

つばめの日

雨なのか雲なのか霧なのか、車のタイヤがはじき飛ばす水滴なのかわからなくなるような、白い日だった。窓を閉めていると蒸し暑い上にフロントガラスがすぐに曇った。姫路城に行こうとしていた。

「はっちゃん、窓拭いてもらえる？」

はいはい、とわたしはダッシュボードの上のタオルを取って運転する理恵ちゃんの視線を窺いながら素早く手を動かす。まったく運転しないわたしは、わたしの拭き方が遅いせいで視界が遮られて事故を起こすことになったらどうしよう、という不安が毎回浮かぶのだった。窓を拭いたのは、出発してからもう十回以上になる。

「蒸し暑いよね」

と理恵ちゃんは、こちらも七回目ぐらいになることを言って空調のスイッチを入れた。ぶおーと、大げさな音が車全体から聞こえてきて冷たい空気が吹き出してきた。冷房を入れたら入れたで寒いので数分すれば消すだろう。それも繰り返し。六月の雨続きの日には、もうこのままずっと雨なんじゃないかと思ってしまう。

「次休憩したら運転代わりますからね」

後部座席からアコちゃんが声をかけた。わたしのところからアコちゃんの顔は見えないけれど、食べている飴の青りんごのにおいがうっすら漂った。

「いいよー、帰り道で。わたしたぶん帰りが眠くなるから」

「そうっすか。いっでも任してください」

車の外からは相変わらず車が轢いて飛び散る水しぶきの音が聞こえてきて、カーステレオにつないだiPodからランダムに選ばれる曲と混ざり合う。今は、ブラジルの人の曲。高速道路の壁の向こうでは、白く霞んだ空気の中の三宮のビル街と六甲山がゆっくりとうしろへ流れていった。

「彼氏、元気？」

わたしが聞くと、理恵ちゃんはすぐに答えた。

「骨折した」

「なんで？」

「フットサルで。足の指だからたいしたことないよ」

「何指ですか？　左？　右？」

アコちゃんの声が座席のうしろから聞こえる。理恵ちゃんはハンドルを握って前を見ていて、思い出すのが難しそうだった。

「右の……、親指と小指以外のどれかだと思うけど。まとめてギプスしてるからわかんない。あ、違う、左かも」

「大変そやなあ」

　わたしは一度だけ会った彼のことを思い浮かべた。眉毛のぼさぼさした、頑丈そうな顔をしてたのに。

「座ってるだけの仕事だから大丈夫だって。うちに来れないのが困るけどね」

「淋しいですか？　つき合いはいったん最近なんですよね？」

　わたしが四年前まで勤めていた会社の後輩だったアコちゃんと、わたしがよく行っていた洋服屋の店員だった理恵ちゃんが会うのは、今日で三回目だった。

　理恵ちゃんは、アコちゃんが言った言葉を自分の中で反芻するような数秒のあとに、答えた。

「野菜が余るから」

　そして同時に冷房を切った。アコちゃんは、野菜？　と聞き返した。理恵ちゃんは半年前から有機野菜の宅配を頼んでいるのだけれど、一週間分で届く最小のセットでも食材が余って困っていた。勤め先のアパレル会社に来ていたSEの人とつき合うことになったという連絡をもらってひと月ほど前に会ったとき、野菜を全部使い切った、ととてもうれしそうに報告してくれた。

「食べてくれる人ができてよかったって言うてたのになあ」

「キャベツの外側の葉とか剝いてるとね」

　理恵ちゃんは、もう曇ろうとしているフロントガラスのずっと先のほうを見つめたまま、続けて言った。

「兎が居たらなー、って思うんだよね」

わたしが声を出して笑うと、もっと大きい声でアコちゃんが急に叫んだ。

「あっ」

振り返ると、アコちゃんは後部座席のちょうど真ん中に座って大きな目でこっちを見ていた。

「ジャンボ兎って見たことあります？　まじでめちゃめちゃデヵいんすよ。あんなんがこの世におるんやったらやばいですよ。そのうち、世界が兎に支配されそうな気がする」

「兎の見ためって、ちょっと怖い」

わたしが言うと、理恵ちゃんが聞いた。

「なんで？」

「首がないし」

「はっさん、鼠もだめっすよね」

「兎、おいしかったよ」

理恵ちゃんは、食べ物のブログを書いている。行ったお店は五年で七百軒を超えた。

「ええなあ。理恵さん、ええ店いっぱい行ってはりますもんね」

「でもねえ、けっこう、兎ってカタチしてた」

「なに味？」

「うーん、シチューみたいな感じで、野菜と煮込んであるの。でもやっぱ、鶏豚牛がおいしいよね」

「おいしかったら、もっと食べてますもんね。人間は貪欲やから」

アコちゃんは妙に真剣な顔をしていた。それから三人で、夜なにを食べたいかを話し合った。

なんで姫路城に行くことになったのか、もう忘れそうになっていた。

神戸の街の中心から離れて山がすぐそばに近づいてきたところで、アコちゃんがトイレに行きたいと言い、それからほどなくパーキングエリアがあった。

「なんか食べようか」

車を停めるのと同時に理恵ちゃんが言ったから、携帯電話で時間を見るとちょうど十二時を過ぎたところだった。そんなにおなか空いてるわけでもないけど、と思いながらわたしがいちばん先にドアを開けて高い位置にある座席から軽く飛び込むようにアスファルトの地面に降りた。勢いをつけてドアを閉めた。ばしん、と気持ちよく閉まったドアのその付け根のあたりに、白いものが見えた。

あれ、と思って視線を向けた。前輪と車体の境目から、白い水蒸気のようなものがほんのり立ちのぼっていた。

湿度が高いから摩擦で熱を持ったタイヤから湯気が立っている、とまずは思った。じっと見ていると、その靄の白さが強くなった。それに、タイヤよりも奥から、その白い靄は出てくるように見えた。顔を上げると、アコちゃんは車を降りて小さい体でめいっぱいに伸びをすると、さっさとトイレのほうへ歩き出していた。雨は、霧のような細かい粒で、傘をささなくても平気だった。

「わたしもトイレ行っとこうかなっと」

理恵ちゃんも車を降りてドアを閉めた。車全体がロックされる低い音が響き、理恵ちゃんがこっちを見た。その理恵ちゃんとわたしのあいだの、黒くつやつや光るボンネットの端っこから、もうもうと白い靄が出てきた。タイヤのところから出ているのよりももっと白くて、靄というよりはほとんど煙だった。

完全に、煙と言っていいものになった。

理恵ちゃんが、言った。

「なにこれ？」

「えーっと、やっぱり、なんか出てるやんな」

「えー？　えー？　えー？」

理恵ちゃんの「えー」は、どんどん大きくなっていった。やっと状況に気づいて戻ってきたアコちゃんの顔と車を見比べて、理恵ちゃんは言った。

「どうしよう。あっちの、スタンドまで乗ってって水かけてもらおうか」

理恵ちゃんが振り向いた先には、ガソリンスタンドの平らな屋根とシンボルマークの入った看板が見えた。アコちゃんは白煙を見据えて答えた。

「だめだめだめ、動かしたらだめっすよ。触らんほうがいいです。大丈夫、わたしも一回やってますから」

大丈夫、とまた言ってアコちゃんは自分で頷いたが、誰にもなにが大丈夫なのかわかっていなかった。理恵ちゃんはすがるような目でアコちゃんを見た。

「ほんと？　どうするの？」

「JAF入ってます？　電話して……」

「JAFじゃないけど、保険会社でいいのかな」

理恵ちゃんは慌てて、ぷっくりした鞄に手を突っ込んで、こちらもぷっくりした財布を開けて、大量のカードの中から水色の一枚を取りだしてアコちゃんに見せた。

「電話してください。たぶん、これ、まだわたしのより全然ましですから」

「ほんとに？　ほんとに？」

裏返って高くなった声で繰り返し、理恵ちゃんは携帯電話のボタンを押した。

わたしは、最初に煙が出てきたのを見つけたタイヤの前に立ちつくしていた。少し強くなってきた雨を感じていた。白煙は、少しずつ収まっていった。

売店と簡単な構造の食堂が入った四角い建物の前に、黄色と赤のしましまのテント屋根がせり出していた。その下に、銀色のテーブルと椅子がばらばらな配置で並んでいた。

食堂も売店もそれなりに混んでいたけれど、外の椅子にはわたしたちのほかには誰も座っていなかった。

「わたしの場合はですね、最悪にも明石海峡大橋走ってるときにいきなり前が真っ白になったんすよ。しかも一人やし。あ、うち、おばあちゃんが洲本なんですけどね、もうちょっとで淡路島に辿り着くってとこで、隣走ってたトラックのおっさんが指差して必死に叫んでくるんですけど、そんなのわかってるけどどうしようもないやん、てパニックになって橋の上は停まられへんて思い込んでて、泣きながらなんとか橋の終わりまで行ってやっと停められて。でも、そのちょっと走ったんが火に油を注ぐっていうかあかんかったみたいで、結局修理しても十万は超えるって言われるし、しかも直してもほかもやばなってるから、そうそう経たへんうちにどっかしわ寄せ来るから買い換えたほうがいいみたいなことになって、十万でもキッいのに買い換える金なんかあるわけないやろって感じで、結局それから車ナシっすよ。まあ、買った時点できわどい車ではあったんですけど」

「そうかあ。十万かあ」

理恵ちゃんは、大きなため息をつくと、右手に握ったままだった携帯電話を開いた。

「やっぱりここ、電波悪いみたい。電話来るまであっちに座ってるね」

「ほんなら、わたしらも……」

立ち上がりかけたわたしとアコちゃんを、理恵ちゃんは手で止めるような格好をし、自分の鞄をさっさと肩にかけた。

「いいって、ここで座ってて。あっち雨かかりそうだし」

もしかしたら、動揺したり落ち込んでいるときに人といるのが苦手なのかもしれない、と携帯電話を閉じたり開いたりしながら歩いていく理恵ちゃんの後ろ姿を見て思った。理恵ちゃんと入れ替わるように、赤ちゃんを抱いた夫婦が一つの傘に入って歩いてきた。彼らが横切るのを見送ってからアコちゃんが立ち上がった。

「じゃあわたし、なんか買ってきます。はつさん、なに食べたいですか?」

開けっ放しの扉の向こうには、但馬(たじま)牛ステーキ丼と書かれた看板が見えた。建物の前にも、プレハブの売店が三つ並んでいて、アイスクリームもあったし、いちばん手前のは「和牛ジャンボ串(くし)焼き」と幟(のぼり)が立っていた。牛、食べたいけど。

「うーん。ふつーに、うどんかラーメン的な」

わたしの注文に大きく頷くと、アコちゃんは責任感の強さを感じさせる足取りで、食堂へと向かった。アルミパイプにビニールが張られた椅子は、冷たくて触ると気持ちよかった。横に広がった形の駐車場は、天気が悪いせいか日曜日のわりには半分も埋まっていないように見えた。

頭上のテントは、建物のいちばん端にあるトイレの前まで幅を狭くしながら続いていた。その途切れるあたりに並んだごみ箱の脇で、理恵ちゃんは立ったまま電話をかけていた。保険会社からもう連絡があったのかと思ったが、素直に困っているようなその表情からすると、誰か知っている人、彼氏か家族か友だちかわからないけれど、そういう人と話しているように見えた。理恵ちゃんて背が高いな、と初めて気がついたみたいに思った。

理恵ちゃんとわたしのあいだの、水分の多い空間を、黒い小さな影が横切った。とても速くて、滑らかな動きだった。その軌道を目で追ってしばらく視線をさまよわせていると、今度はさっき通った場所をちょうど逆から滑り降りてくるように、黒い影が移動した。やっぱりとても速かった。椅子のアルミパイプが重なり合う向こうに、赤い円錐(えんすい)形のコーンが置いてあり「頭上注意」と貼り紙がしてあるのが目に入った。その真上に目を向けると、燕(つばめ)の巣があった。

テントの色が透けてぼんやりとオレンジ色が反射している鉄の骨組みの隙間に、灰茶色の塊がくっついていた。雛(ひな)らしき頭が覗(のぞ)いている、と思ったら親鳥が戻ってきて、その黒い小さな頭がいっせいにぱかっと黄色く割れて、ぴいぴいと鳴き出した。巣に飛びつくように留まった親鳥は餌を黄色い割れ目のどれかに突っ込むと、また飛び立った。テントの軒から下降し、いったん売店のほうへ回り込んでから、赤いコーンのすぐ前をとても低い位置ですり抜け、駐車場の向こうに見えるまだ若い緑色の茂みへ飛んでいった。

その軌跡は、とても美しい楕円(だえん)形を描いていて、惑星の軌道を説明した図を思い出した。

「ネギラーメンときつねうどん、どっちがいいっすか」

声に顔を上げると、アコちゃんが薄緑色のトレイを持って立っていた。どんぶりから立ちのぼる湯気が、空気の中の蒸気と混ざり合っていった。

「いいよ、アコちゃんが先選んで」

「まじっすか。おもさげながんす」

アコちゃんは、ケーブルテレビで時代劇映画を見てから彼女の中で一時的に流行している謝辞を述べると、きつねうどんを自分のほうへ置いて、座った。それから理恵ちゃんのほうを振り返った。

「大丈夫ですよ。わたしのより、車も全然新しいし、早期発見やったし」

体をひねったまま、アコちゃんはしばらく理恵ちゃんを見ていた。雨は、降っているのか降っていないのかわからないくらいになっていたけれど、霧がかかった全体の天候は変わらなかった。

ネギの辛みが強すぎるラーメンをわたしが食べ終わり、アコちゃんがきつねうどんのダシをすすってしまうまでのあいだに、小さな燕はなんども餌を運んできて飛んでいってまた餌を持って帰ってきてまた飛んでいった。見ているうちに、燕がほぼ同じところを飛んでいるのに気づいた。駐車場の大型トラックの並ぶ向こうから現れ、理恵ちゃんの前をかすめて赤いコーンを回り込み、アルミのテーブルと椅子のあいだを抜けて上昇し、ヘアピンカーブを曲がるような急角度でテントの裏側に飛び付く。そして、まったく同じ軌道を反対側からなぞって戻っていく。道路があるわけでもないのに、その位置取りは見とれてしまうほど正確だった。滑らかな飛行を眺めているのは、ダンスみたいな単純な運動を見るときの快感があった。

理恵ちゃんが戻ってきた。

「救援が来るのに三十分か、遅いと一時間ぐらいかかるらしいのね。それで、近くの修理工場までレッカーしていって、そこで代車を出してくれるって言うんだけど、工場まで乗せてってもらえるのは、わたしとあと一人だけなんだって。向こうからレッカー車ともう一台の車で二人で来るんだけど、一人はそのまま別のとこ行くらしくて、レッカー車の助手席に二人しか乗れないんだって。よくわかんないけど。わたしの車に乗れるのに、それは法律違反だとかって」

とても申し訳なさそうに理恵ちゃんが説明するには、要するに誰か一人、しかも一時間か二時間はここで待っていなければいけないようだった。

「わたし、待っとくわ。どっちにしても運転できへんから、ついていっても役に立てへんと思うし」

「いやいや、はつさんは一緒に行ってくださいよ。わたしはほら、これ持ってますから」

アコちゃんは赤いチェックのデイパックから、水色のニンテンドーDSを取りだして笑顔を作った。何度か遠慮し合ったあと、アコちゃんが残るということで落ち着いた。

隣のテーブルに、全員ジャージ姿の家族連れが騒々しくやってきた。ずっと南の外国から来た人たちのようだった。理恵ちゃんは振り返って、それから食堂のほうを見た。

「とりあえず、なんか食べたい」

「あれあれ、あのふわふわチーズポテト、さっきから気になってました」

手分けして順に買いに行き、銀色の丸テーブルの上にはかき揚げそばとコーヒーとふわふわチーズポテトと紅芋アイスとチョコチップクッキーが置かれた。それが順調に減っていくあいだ、わたしは理恵ちゃんの頭のうしろを飛んでいく燕を見ていた。

燕は規則正しく、飛んでいって餌を持って帰ってまた飛んでいった。子どもたちも、親燕が姿を見せるといっせいに鳴き、飛んでいくといっせいに静かになった。ジャージ姿の家族連れのいちばん小さい男の子が、燕を指差して母親らしき女の人になにか言った。男の子のジャージはピンク色で、母親のジャージはもっと濃いピンク色だった。彼らの国にも燕はいるに違いない。というよりも、この燕は季節が変われば彼らの国へ行くのかもしれなかった。

じっと見ていると、当たり前のことかもしれないけれど、帰ってくる燕の嘴には確かに小さなにかがくわえられているのに気づいた。羽虫か芋虫かわからないが、そのときどきで形は違うように見えた。それをどうやって捕まえるのか、捕まえるところをわたしは見たことがないから、思い浮かべることができなかった。猛禽類のようにぴゅうっと滑空してとらえるのか、一度木に留まってからついてくるのか、そしてあんな小さなものをどうやって見つけることができるのか、自分は知らないことばかりだと思った。

燕は飛んでいって、何本かが寄り集まった木の葉のもこもこしたところの向こうへ見えなくなったと思ったら、ほんの数秒でまたすうっと現れた。虫を探し回っている、という時間ではないように思われた。どこかあの木々の向こうに虫が山積みになっている餌場があって、そこから一つずつ拾い上げて運んでくるところを想像した。でもきっとそんなところはない。

何度かに一回、数分経っても燕が戻ってこないことがあった。植え込みの向こうで、スピードを緩めずに走り抜けていく何台もの車のエンジンや水を轢(ひ)くタイヤの音を聞き、隣のテーブルのジャージの家族がラーメンを食べ終わるのを見ながら、このまま燕が帰ってこないことを、心配した。心配した、なんていうのはおかしいかもしれない。わたしは燕が帰ってきても帰ってこなくてもなにもしないのだし、たぶんすぐに忘れてしまうのだから。ただほんの少し、不安になっただけのことだった。

ぴいぴいと声を上げ、黄色い嘴を頭が半分に割れてしまうくらい大きく開けた雛たちは、あの燕がトラックにぶつかったりして帰ってこなかったら死んでしまうんかなあ、理恵ちゃん、アコちゃん、どう思う？　と思ったけれど、聞いてみるつもりはなかった。ただ、もし自分が生まれ変わって燕の雛で、餌をとりに行った親が帰ってこなくて、いつまでも帰ってこないでなにもわからないまま死んでいくのだったらどうしようと、うっすらと思っていた。

わたしがそんな些細なことを考えているあいだにも、親燕はちゃんと姿を現し、正確に同じ楕円の軌道を滑り込むように飛んできて、自分の義務を果たしていた。ふわふわチーズポテトは油をたっぷり吸っていて、そんなにおいしくはなかった。雨はもう完全に止んでしまった。

「オラーイ、オラーイ」

と、力士のように体格のいい作業服の男の人が、レッカー車を誘導した。レッカー車は、街なかで駐車違反の取締りをしているのを見かける、車を直接引っぱる形ではなくて、車を載せる台車がついたトラックタイプだった。深緑色の作業服を着た人たちは、全部で三人だった。レッカー車の運転席のとても若そうな小柄の男の子と、理恵ちゃんに書類のサインを求める人当たりのよさそうな白髪交じりのおじさんで、かれらは自分たちの仕事の分担を完全に把握していて、無駄なく連携して理恵ちゃんの車を台車に乗せようとしていた。

「いいんだってー。こっそり乗れば」

理恵ちゃんが、少し離れた植え込みの柵に腰を乗せて作業を見ていたアコちゃんとわたしのところに戻ってきて言った。

「ほんとはだめだけど、いいんだって」

アコちゃんとわたしは顔を見合わせた。

「よかったー。ほんまはDS、美文字トレーニングしか入ってなかったんですよー。字、うまくなったかもしれないですけど」

「でもね、あの上だし、しかもわたしの車って車高が高いからバランス的にすごい揺れるみたいで。はっちゃん、酔いやすくなかった？」

と理恵ちゃんが聞き終わる前に、アコちゃんが声を上げた。

「あー、わたし乗りたい、乗りたいっす。乗せてください。絶叫マシン大好きなんですよ。これはー、なかなか乗れないじゃないですか」

アコちゃんの目は輝いていた。大型の観光バスが二台駐車場に入ってきて、近くに停まった。

「ほんとに大丈夫ですか？　マジで揺れますよ。連絡つきます？」

レッカー車の運転席にいた小柄な男の子が降りてきて、わたしたちの顔を順番に見て聞いた。彼の両耳の縁には、銀色のリングのピアスが数え切れないくらいびっしり並んでいて、耳全体が機械のようだった。

「携帯ありますから」

とアコちゃんは握りしめた携帯電話を目の前に突き出したが、その携帯で車内の様子を撮影しようとしているのが、言わなくてもわかった。理恵ちゃんは心配して、台車の上に収まった車に意気揚々と乗り込んだアコちゃんが記念撮影を求めているあいだも、

「気持ち悪かったらすぐ言ってね。ね」

と繰り返していた。

体格のいい人と親切なおじさんは、別の車に乗ってどこかへ行った。わたしは、車を積んだ車の運転席の隣に理恵ちゃんと並んで乗った。車高の高い座席からは、さっきまでとは違う風景が見えた。修理工場は離れた場所にあるらしく、わたしたちはさっき理恵ちゃんの車で走っていたのと同じ方向へ走り続けた。すぐに高速を降りるかと思っていたのに、十分経ってもそんな気配はなかったので、ついでにこのまま姫路城まで連れて行ってくれたらいいのにな、と思い始めたあたりで料金所があり、その先でUターンした。今度は逆方向に、またしばらく高速道路を一定の速度で走った。そのあいだに、理恵ちゃんはピアスの彼に車の状態を尋ねていた。たぶんオーバーヒートだと思うけど工場で開けてみないことにはわからない、と彼は言った。理恵ちゃんは修理代がどれくらいかかるのか何度も聞き出そうとしたけれど、この状況で自分にはわからないので、と言うだけだったので、理恵ちゃんは不安そうだった。それでも、彼が今後の注意点などを解説してくれると熱心に聞いていた。

わたしは、この先もたぶん車を運転することはないやろうなあ、と二人の会話を聞きながらぼんやり思っていた。

うしろに車を載せた車はようやく高速道路を降り、唐突に建って(す)いる黄色いラブホテルのある丘を下って、田んぼのあいだの道へ出た。道は真っ直ぐ北へ向かっていて、平たく広い物流センターを過ぎると、ぽつぽつと家が増え始めた。断続的に現れる田んぼには、緑の苗の隙間に水が満ちていて、今日の水分の多い空気の底を支えているように思えた。理恵ちゃんが鞄から携帯電話を取り出した。アコちゃんからだった。

「もしもし？　大丈夫？」

自分の鞄の中の携帯電話を確かめると、アコちゃんからの着信が二回残っていて、二回とも気づかなかったことにやっと気づいた。

「ぜーんぜん、超楽しいです、最高、と理恵ちゃんが耳に当てている携帯電話からアコちゃんの声が漏れ聞こえてきた。運転する小柄な男の子が少し笑ったのがわかった。

「あれ、マジで相当キツいっすよ。自分も乗ったことありますけど、途中やばかったです」

「絶叫マシン好きで、楽しいみたいです」

わたしが言うと、彼は、ああ、とわかったようなわからないような返答をした。理恵ちゃんに電話を代わってもらうと、アコちゃんは、あとで動画見せますからねー、と陽気な声で言った。

幅は広いのに水が流れているところがほとんどない川にかかったコンクリートの橋を渡ると、市街地に出た。道路沿いには、全国どこでも同じ看板と同じデザインの飲食店が立ち並んでいた。こういう風景を見慣れていないので、入ったことのないファミレスがあったりすると気になる。

しばらく外を見ていた理恵ちゃんが、身を乗り出すようにして、運転している彼に聞いた。

「やっぱり、こういうお仕事されてるのって、車が好きなんですか？」

「そうっすね、まあ、趣味は車ですよね」

「すごいのに乗ってるんですか？」

「車自体は、マークⅡっておっさんでも乗るようなのですけど、改造には命かけてますね。命っていうか、金かな」

「どのくらい使ったんですか？」

「まあ、一千万は余裕で……」

「えー、すごーい」

理恵ちゃんとわたしが声を合わせると、彼は表情をほころばせて、さっきまでよりも親しさのある話し方に変わった。

「中身も変えちゃいますけど、塗装にまず気合入れますね、自分は」

「何色ですか？」

「シルバーっていうか、黒に近いシルバー」

素っ気ないような、でも誇らしげな口調で告げた彼の横顔は、鼻が平べったくて幼く見えた。実際、わたしたちよりははるかに年下だと予想された。彼は、見なくても走れるくらいによく知っている道を運転するやり方で車を扱い、ホームセンターの角を曲がって、細く蛇行した道へ入った。曲がるとき、ここ覚えといてくださいね、と言ったので、そこで初めてわたしは、修理された車を理恵ちゃんが後日取りに来なくてはならないことに思い当たった。

人も車もいない十字路の赤信号で停まって、彼は言った。

「この仕事って、基本、待ちなんですよ。お客さんから連絡あるまで待機なんで、なんもないと一日中車いじって」

「じゃあ、ドライブとかもよく行くんですか」

「いやあ、逆にあんま乗れないっす。傷つけるのやだし。普通の駐車場とか停めようとすると、段差で腹こすっちゃうんですよね」

「ああー」

わたしは、ずいぶん前に自動車が峠の道で競い合う映画で見た、平べったくて車高の極端に低い車体を思い出した。あれはやっぱり、フェラーリとかランボルギーニとかそういう高級スポーツ車みたいにしたいっていう気持ちなんだろうか、と思った。目的地が近づいて余裕がでてきたのか、彼は話を続けた。

「だから、近所買い物行くときは嫁の車使うんですけど、これがまた、ねえ」

「奥さんも車好きなんですか？」

「別の方向に。ミニーちゃんなんですよ」

そこで彼は理恵ちゃんとわたしのほうを見て、にやっと笑った。

「ミッキーはだめで、ミニー限定。なにがちがうのか意味わかんないんですけど。車自体は普通のマーチだけど、中にたぶん二百匹はいるんじゃないかなあ」

ミニーマウスが二百匹いるマーチ。駐車場に停まってたりしたら、きっと覗いてみるだろう。たぶん理恵ちゃんも。

「いろんなタイプの人がいるんですね。わたし、車乗らないから」

「もう一人いたじゃないですか、デカい人。あの人先輩なんですけど」

レッカーに車を積み込む作業をしていた百キロぐらいありそうだったその人は、最後までわたしたちとは一言もしゃべらなかった。

「あの人の車は、ステップワゴンなんですけど……、知ってます？　こうタイヤのとこが持ち上がってがっくんがっくん動くやつ」

「なんか、テレビで」

「うしろ半分は全部スピーカーにしちゃってて」

「イチローみたいですね」

わたしが言うと、理恵ちゃんが、なんで、と聞いた。

「イチローの車って、マーチなんやけど前二人しか乗られへんくて二千万ぐらいするって、前に週刊誌で見た。さすがに今は外車やろうけど」

「日産が好きなんですよね」

彼が笑ったので、わたしはなんとなくうれしかった。

「あのー」

理恵ちゃんが、彼の顔をじっと見ながら聞いた。

「お兄さんは、関西の人っぽくないですよね」

「ああ、おれ、神奈川です」

「ええ？　ほんとに？　わたしも神奈川！　珍しくない？　こっちで神奈川の人」

「嫁と沖縄で知り合ったんですけど、彼女の実家がこっちでたまたま自動車関係だったんで結婚して将来は継ぐかって。これでも一応髪だけは金髪やめたんで……」

「どこ？　神奈川のどこ？」

「藤沢です」

「えー、ほんと？　わたし大船。近ーい。なに高校？」

男の子は、理恵ちゃんの勢いに軽い戸惑いを見せつつ、通っていた高校の名前を答えた。理恵ちゃんはますますテンションがあがった。

「じゃあ、矢島くんて知ってる、矢島圭次、って、年が違いすぎか。なに中学？」

それからしばらく、理恵ちゃんは固有名詞を挙げ続けた。やっと話が通じるスーパーの名前に辿り着いたところで、緑の屋根の修理工場に到着した。中古車販売店のようなその場所を見て初めて、わたしはそれまで目的地の修理工場を、小学校のときに社会見学に行った自動車工場みたいな大工場だと思い込んでいたことに気づいて、一人で笑った。

台車からひらっと飛び降りたアコちゃんは、

「楽しかった!」

と満面の笑みで言った。


代わりの車は、小さくて赤くて丸い車だった。修理工場でも結局、修理してみなければ最終的な金額はわからないようだったが、十万円を越えそうだと言われて、理恵ちゃんは元気がなかった。新しくてなにも物がない車に乗り込んで、わたしたちは大阪方面に戻ることにし、途中で須磨(すま)海浜水族園に寄ってイルカショーを見た。神戸あたりでアコちゃんの友だちから電話がかかってきて、梅田(うめだ)で一緒に飲むことになった。アコちゃんの友だちの男の子は、五月の連休に海南島(ハイナン)にサーフィンに行って他人のサーフボードが頭に刺さって十五針縫ったそうだけれど、今ではすっかり元気だった。もう一人の男の子は、昨日の夜一万円を落としたらしく、そのことが頭を離れないようだった。サムギョプサルをチシャ菜で包みながら、理恵ちゃんは言った。

「あのね、わたし、煙が出てたときほんとにね、みんな離れてって叫んで、自分だけ車に乗ってパーキングの端まで行って飛び降りて、車が崖(がけ)のところでどかーんって爆発するところを想像してた。リアルに」

男の子たちと別れて、コインパーキングまで歩いた。

古いビルの外壁に囲まれた隙間のような駐車場のいちばん奥で、赤い車はひっそり停まっていた。アコちゃんはもう眠そうだった。

　理恵ちゃんが言った。

「姫路城、また今度行こうね」

「世界遺産」

　世界遺産が好きなアコちゃんが、眠そうな声で言った。そういえば、姫路城に行きたいと言い出したのはアコちゃんかもしれなかった。

「ごめんねえ、せっかく休み合わせたのに」

　理恵ちゃんが言ったので、わたしは言った。

「全然。おもしろかった」

　自分の声を耳で聞いてから、あ、間違えた、と思った。アコちゃんが、ぱっと目を開けてわたしを見た。理恵ちゃんは、自動精算機に千円札をつっこみ、

「十万かかるかなあ」

　と言った。

なみゅぎまの日

冬で雨の日で、コンクリートの冷たさは格別だ。長細い教室には、天井埋め込みのエアコンに加えて、前とうしろに一台ずつ、受験生のために追加されたのか、古くさい型のガスストーブが置かれていた。パネル部分が橙色に燃えている。入り口近くのいちばん前の席に座るわたしは、その熱を眺めている。透けて青い炎が、橙色の周りを薄く取り巻いている。

ドアの隙間からの冷気に加えて壁や床から伝わってくる湿った冷たさと、ガスが燃える局地的な熱との両方にさらされて、わたしの顔と頭だけはぼうっと血が上ったようになっている。鉛筆を握ったままの手を頬に当ててみると、両者の体温の違いがはっきりとわかる。同じ体なのに。同じ血が循環しているのに。別の人間の体のようだ。

教室には、鉛筆が机に当たって立てる音だけが、響いていた。こんな小さな先端から発生するとは信じがたいくらい、かつかつかつかつと、あっちからもこっちからも、不調なリズムで聞こえてくる。でもべつに、そんなに緊張感で満ちているわけでもない。二月も中旬になると、みんなもう慣れてしまっている。とにかくもう早く終わらないかな、と思う。手を下ろすと、机に置いてある受験票が目に入る。証明写真付き。髪が長いときに撮ったから、随分と前の自分に思える。いや、自分でないみたいに思える。受験番号は、２６０８。

あと七分。

「がんばってね！　すごいいいお天気だよ！　ウルトラブルーな海からパワーを送るよー」

今朝の電車の中で聞いた留守電の、まきりんの声がまた思い浮かぶ。推薦でもう行き先の決まっているまきりんは、卒業旅行で沖縄にいる。卒業旅行なのに、なぜか両親とやたら仲の良いお兄ちゃんとだけど。

いや、ほんとに、嫌みでなくてありがたいと思う。楽しいときもわたしのことを忘れないでいてくれて。まきりんはいつも元気いっぱい、本気で人にやさしい声を掛けることができて、空気が読めないと言われてもめげないから、尊敬している。ほんとに、嫌みでなくて。

息をついて、自分の書いた解答文をもう一度読む。問題用紙二ページ分の英文の訳。急いで書いて読みにくい字になってしまっていた部分を、消して書き直す。

三人用の長い机の反対側に座っている女子が、突然咳き込んだ。二度三度繰り返すと余計に喉に負担がかかったのか、嗚咽混じりのひどい咳になって止まらなくなった。試験監督員がきて、だいじょうぶですか？　と聞く。

同情するなあ、ほんと。

わたしも、二週間前に風邪をひいた。去年もおととしも、一回も風邪なんてひかなかったのに。

チャイムが鳴り、解答用紙は回収されていった。

廊下に出ると、凍りそうな空気が、ほてった顔をちくちくと刺した。

国公立大学はやはり予算がないのだな。建物が古い。一見こぎれいに改装してはあるが、妙に白く塗り直された壁も、新しい窓枠も、耐震補強の鉄骨も、ちぐはぐで、味気ない古さを強調している。正門前には煉瓦造りの風格ある校舎と、新築の白い校舎もあったが、わたしが志望する学部のあるこの校舎は、築三十年以上と見た。

この二週間で受けた、私立大学を順に思い出す。都心でオフィスビルみたいなところもあったし、コンクリート打ちっ放しに吹き抜けの美術館ぽい建物のところもあった。暖房の具合も、もちろんほどよく快適だった。受験生の雰囲気も、違う。やっぱりなんというか、ここにいる人は、地味だし、垢抜けない。わたしも含めて。

わたしは、もう十日間、風呂に入っていない。私立大学の受験が始まって早々に風邪をひき、熱があるのを薬でごまかして雪が降る日も受験会場に通い、やっと治ってきたと油断して風呂に入ったらぶり返してさらに熱が上がったので、強めの抗生物質と解熱剤をひたすら飲み、全部の日程が終わるまでは風呂に入らないことを決意した。一応、除菌シートで体は拭くし、頭だけは洗面台で三日に一回は洗った。今日、この大学がいちばん行きたいところなので、つまりそのために勉強してきたところなので、用心して、昨日は頭も洗わなかった。四日目だ。行き帰りや休憩時間はニット帽を被ってごまかしているが、その分、ぺったりと張りついている髪がいっそう悲惨だ。幸い、周りは知らない人ばかりだし、今日のわたしの姿を入学後も覚えている人なんて、まずいないだろう。だいじょうぶ。だいじょうぶなはず。

　廊下の果てのトイレに辿り着く。寒い。

　おなかはまだ絶賛下し中だった。その割に、痛みも、トイレに駆け込まなければならない変調もないのが不思議だ。抗生物質の副作用で、ゆるくなっているだけなんだろう。抗生物質。ラムネと見た目は変わらないあの白い錠剤の中に、そんな強力な作用のあるなにかが含まれているなんて。あんな小さいの一個で、効果があるなんて。誰かに教えてもらって理解したい。人に解説できるほどにわかりたい。文系には、そういう授業はないんだろうか。

　鏡で自分の顔を確かめる。

うん、ぱっと見は、そんなひどくない。十日も風呂に入ってないようには、見えない。ニット帽に手を突っ込んで地肌に触り、その指先を鼻に近づけてみた。

　かなしい。十八歳の女子がこんなにおいなのは、かなしい。

　指先を見つめていたわたしは、背後の影に気づいて振り返った。トイレから出てきた女子が、こっちに無遠慮な視線を向けていた。今どきそんな服どこで売ってるのかと聞きたくなるような衿にも袖にもフリルのついた分厚いカーディガンを着て、不満の多そうな顔つきだったが、その子よりも今は、自分のほうがモテないんだろうなと思う。いや、モテたいって気持ちは実はよくわからない。自分が好きじゃない人にまで好かれてうれしいのかな。

教室とトイレを往復するだけで、指先がまたかじかんだ。ストーブで少し両手をあぶってから、席に着き、コンビニで買ってきたパンを食べた。おにぎりは冷たくなるとかなしいが、パンはもともとのかなしさが増すことはない。かなしいことはできるだけ減らそう、というのは、一月のセンター試験に始まった試験生活で学んだことだ。今日で何回目か、数えていないからよくわからない。とにかく、これで終わり。後期日程は、センター試験の結果次第。残り福。

斜めうしろの男子は、保温ジャーから湯気の立つみそ汁を取り出してすすっている。ジャーとは別に果物の入ったタッパー、チョコレートまで並べている。そういう期待って怖くないのかな、と思う。もしかしたら、自分で作った可能性もなくはないけど、保温ジャーのパステルグリーンが、お母さんが選んだものっていう雰囲気を発している。男子は食べ終わるとすぐに真っ白いマスクで顔を覆った。

わたしは、今朝は六時半に起き、両親を起こさないようにこっそり支度をし、お茶を入れた魔法瓶を持って出て、自宅近くのコンビニでパンを三つ買って、電車に乗った。試験のある日は、まったく同じ行程をこなしてきた。それももう終わり。二十分後に始まる小論文を書いたら、もう、終わり。

帰りの電車は、急行だったが運良く座れた。すぐに携帯電話を取り出し、まきりんにメールを打つ。

「電話ありがと。海きれいだね。泳いだ？」

異常に速い返信。

「わーっ、終わった？　お疲れさま！　泳ぐわけないない。怖いじゃん、サメとかクラゲとかウニとか。今からバーベキュー、やたっ！」

「いいなー。肉食いてー」

携帯電話を閉じる。四月になったら、スマートフォンにしよう。

四月になったら。

自分はどこでなにをしているのか。この電車に毎日乗っているのだろうか。合格通知をもらっている第三志望の大学（第二はすでに落ちた）に通っているのか。なんだか、楽しい光景は思い浮かばない。思い浮かばないということは、実現しないということなのか？

ネガティブなイメージが勝手に浮かんでくるので、頭を振る。途端に、車内の騒々しさが、わっといっぺんに耳に入ってきた。見回すと、ほどほどに混雑した細長い空間には、すでに遊びに行った先から帰る家族連れや、これから遊びに行くらしい女の子たちや男の子たちが、あっちでもこっちでも笑い声を上げている。

ぎゃーっ、と子どもが泣き出す声。女の子たちの嬌声。携帯電話の着信音。

そうか、土曜日か。世の中は週末なんだな。みんな、楽しく遊んだり、ゆっくり遊んだりする日なんだな。

わたしは、土日に家族揃って出かけたことがないから、世間の人はそういう習慣なんだろう、という感覚でしかない。学校の友だちとも、しょっちゅう遊びに行くわけじゃないし。

そして今は、受験の帰り。

疲れた頭で、向かいに座る家族連れがいくつも携えた紙袋のディズニーキャラクターを眺めているうちに、うとうととまぶたが下りてきた。


乗り換えるターミナル駅のエスカレーターに乗っているとき、ふと、駅ビルの大きな広告が目に入った。この寒いのに、明るく光るそのポスターの中はパステルカラーの花が咲き乱れ、頬にはピンクのチーク、目にはたっぷりのつけまつげの女の子が、黄色いノースリーブワンピースでほほえんでいる。洋服。頭の中に、急に単語が浮かぶ。洋服。買い物なんて、年末に行って以来。ファッション誌さえ、ろくに見ていない。もしかして早めの春物なんかもう並んでいたりするのかな。いや、クリアランスセールのさらに残り物で激安になっているものがあるかもしれない。

電車での眠気を引きずってぼんやりとした頭のまま、あやしいネオンに誘われる蛾、あるいは笛吹き男について行く子どものように（疲れているので陳腐なイメージしか浮かばないよー）、改札のすぐ外に続く駅ビルへのエスカレーターに足を乗せていた。エスカレーターを上った先、金色の持ち手のついたガラスのドアの向こうは、いくつもの強いスポットライトが反射し合い、飾られた花や洋服がまぶしいほどに輝いていた。天国みたいな場所に見えるそこへ、わたしは吸い込まれていった。

ふわーっと足下が浮かんだ感覚のまま、目の前のギャル系の洋服屋に入ってしまう。普段はもっと実用的な服の店しか見ないのに、丈の短いスカートやシフォンのブラウスがかわいく思えて、涙が出そうになった。ああ、わたしがひたすら受験会場に通っていたあいだにも、こうしてかわいいものが作られて、世界は春へと前進していたのだなあ、と感動した。

ミッキーマウスが描かれたTシャツやフリンジのついたスウェードブーツなどを愛でてからそこを出ると、こんどは通路の正面に、わたしにとってはちょっと高価な、ハリウッドセレブ御用達ショップが見えた。

そうかあ、ここにも店舗ができてたんだっけ。

スパンコールで飾られたバッグやもこもこした素材のパーカに目を奪われて、わたしの体は予言に導かれるように自動的にそこに移動していた。そして、一歩、店のエリア内に足を踏み入れた、その瞬間。

二人の女の子の顔が、目に飛び込んできた。店員と楽しそうに会話を交わしながら、スウェットワンピースを見比べている女子。

うちの高校でモテる男子はみんなサッカー部で、そのマネージャーは人気者の女子で占められると決まっており、今目の前にいるのはそのサッカー部マネージャーの、沢木(さわき)優菜(ゆうな)さんと園田(そのだ)さやかさんだった。

わたしは百八十度体を反転させ、歩き出した。

目立つから走ってはいけない、平静に平静にと自分に言いきかせ、なるべく体勢を保ちながら早足という難易度の高い歩き方で、出口へ向かった。頭の中では、こんな声が響いていた。

うわあああああ！

ごめんなさいごめんなさい、十日も風呂(ふろ)に入ってない身でこんなところに入ろうなんて、間違えてました。大間違いでした。ありえませんでした。ごめんなさい、すいません。どうかどうか、わたしだってこと気づかれてませんように、神様お願いします。進路が決まるまで、いや、風呂に三回入るまで、決して女子の洋服屋になど近寄りませんから！

家に帰り着くと、風呂に一時間近く入り、頭は二回、体は三回洗った。冷蔵庫に残っていた牛乳を一気飲みして、布団に潜り込んだ。

夢には、沢木優菜さんと園田さやかさんが出てきた。わたしはどうやらファストフード店にアルバイトに入ったばかりで、彼女たちはその先輩だった。二人とも丁寧に仕事を教えてくれる。わたしが間違えても決して笑みを崩さず、誰にだって失敗はあるんだから、と店長に内緒でコーラSサイズをくれた。レジに入ると、目の前に立ったお客さんはウサイン・ボルトだった。世界最速の男。ビッグマックを五つ、とそれはわかったが、そのあと言っている言葉がわからない。英語でもフランス語でも中国語でもない、聞いたことのない響きの言葉だった。ボルトさんの困った顔を見上げて焦っていると、隣のレジにいた沢木さんが横から助けに入ってくれた。知らない言葉を、沢木さんもしゃべっていた。沢木さんがヘッドマイク越しに指示を出すと、園田さんがレタス抜きのビッグマックを持ってきて、それから三人でわたしにはわからない言葉で楽しそうに会話し始めた。ボルトさんがわたしを指差し、なみゅぎま、と言った。そして、ビッグマック（レタス抜き）を一つ、わたしにくれた。周りで拍手が湧き起こった。

目を開けると、部屋は真っ暗だった。カーテンレールの隙間から天井に向かって、ほんの少しだけ夜の光が漏れていた。

夢の記憶をたぐりつつ、現実の、学校での沢木さんと園田さんの姿を思い返す。夢じゃなくても、二人とも、とてもいい子だ。かわいくて、親切だ。そんな人間として生きるってどういう気分だろう。人気の高い女子大に推薦入学するという選択をすんなりできて、店員さんとも気後れしないでトークができて、あのワンピースもどっちもよく似合うし、そのことに疑いなんて持ってない。

羨ましいとかそうなりたいというわけじゃない。ただ、そういう人間だったらどんな気分かな、って思うだけ。化粧でも整形でもして外見はある程度変えられるけど、中身は一生つき合わないといけない、とわたしは思う。

完全に目が覚めると、話し声みたいなのが聞こえるのに気づいた。ドアの向こうで、ぼそぼそぼそぼそ、聞こえてくるあれは、なんだろう。テレビじゃない。両親はこの時間は店に出ているはずだけど、と思いながら、布団を抜け出し、ドアを少し開けて覗いた。

廊下の先のリビングにはこうこうと灯りがついていた。そっと立って行ってみると、ダイニングテーブルでは、母と、従姉妹のみづ恵ちゃんが、小籠包とちまきを食べていた。

「お、相当ぼさぼさだね」

母より先にわたしに気づいたみづ恵ちゃんは、挨拶もなくそう言って笑った。それなりにきれいな顔をしていると思うのだが、二十七歳になるのに相変わらず化粧っけはなく、華奢な体にだぶだぶのモスグリーンのモッズコートを着たまま座っている。

「みづ恵ちゃん。来るの、来週だと思ってた」

わたしの母と、みづ恵ちゃんの母は姉妹だ。二人がとても仲がよかったこともあって、みづ恵ちゃんは、高校生のころまではしょっちゅううちに遊びに来ていた。いったん東京の私大に入ったが受験し直して関西の大学に行き、そのまま四年近く大阪の映画館で働いていたのだが、そこが先週末で閉館になって、これから新しい仕事を探すらしい。横浜（よこはま）生まれの横浜育ちだけど、関西が性に合うから次の仕事も向こうで見つけたいんだってさ、と数日前に母から聞いた。みづ恵ちゃんの両親、わたしのおばさんとおじさんは、北海道に移住したので、一週間ほどうちに泊まってこっちの友だちとゆっくり遊びたい、ということだった。

母は、ちまきを頬ばりながら笑った。

「わたしが間違えてたのよ、あははー。びっくりしたわよ。いつのまにか店に来て、わたしには声も掛けずに餃子（ギョーザ）食べてるんだもん」

「おいしいよね、餃子」

うちの両親は、駅前の商店街で中華料理店を営んでいる。餃子が評判で、雑誌にもときどき載る。去年はテレビ番組の取材でお笑い芸人が来た。

わたしは餃子はもう食べ飽きていて、こうしてときどき持って帰ってきてくれるメニューの中では小籠包かごま団子が好きだ。両親はうちでは料理はしない。家の食事は、子どものころから、今はベトナムに赴任中の兄と二人で協力して、もらった食費で買ったり作ったりしてきた。

もう店に戻るらしく、母は席を立って身支度を始めた。

「試験、できた？」

いちおう、という感じで母が聞く。母は、わたしがなに大学のなに学部を受けたのか把握していない。やりたいことをやればいいし、決まったら報告してくれればそれでいいと言う。それで受験料も学費も出してくれる。そこそこいい親だと思う。

「うん。たぶん。でも、決めるのはわたしじゃないから」

と言うと、みづ恵ちゃんがこっちをじっと見た。

「決められるよ。テストっていうのは、基準の点数を取るか取らないかだけだから」

「……じゃあ、取った、はず」

みづ恵ちゃんは、にやっと笑った。

母が店へと出かけていってから、みづ恵ちゃんが聞いた。

「なんの勉強するの？」

母の代わりに椅子に座って、とりあえずお茶を飲んでいたわたしは、少々驚いた。

「……そうやって聞いてくれたの、みづ恵ちゃんが初めてだ」

「そう？」

「普通は、なに大学かなに学部って聞くじゃん。周りも、どこの大学が入りやすいとか、なに学部は就職できないとか、そういうふうにしか言わないし」

「大学は勉強するとこだから」

みづ恵ちゃんは、ダイニングの椅子の上にあぐらをかき、母が置いていった小籠包を手で取って食べた。家系だよな、遺伝だよな、と思う。わたしが沢木さんや園田さんじゃないのは、生まれる前から決まってたんだ。

母も、その姉のみづ恵ちゃんのお母さんも、全体に大ざっぱだし、愛想もよくない。母は店でお客さんにだけはサービス精神を振りまくことができて、それはやっぱりお金がかかってるからだろうか、と考える。

「わたし、言語文化っていうか、言語によるコミュニケーションを勉強しようと思って。それがなんで成立するか知りたいの。言葉って伝えられるものもあるけど、嘘もつくし、誤解もするよね。なのになんで人間はいつまでも言葉に頼るのかなって。去年読んだ本がおもしろくて、それを書いた先生がいるんだよね、今日受けた大学」

「あー、それ重要だよー。わたしさー、美学とか芸術学の勉強したかったんだけど、作品作るほうじゃなくて、美とはなにかみたいなほうね。で、ちゃんとその専攻があるとこに受かったんだけど、入ってみたら先生がルネサンスと中国美術が専門の人しかいなくてさ。わたしはもっと現代のことがやりたかったから」

「それで大学行き直したんだ」

「うん。でも次の大学行くころには興味の対象が変わっちゃって、結局モンゴル語とか勉強しちゃったんだけど」

「あ、そっか。みづ恵ちゃん、モンゴル語しゃべれるんだっけ？」

「無理無理。難しいもん」

なみゅぎま、と夢の中で聞いた言葉がまた浮かぶ。夢の中なのに、妙にはっきりと記憶がある。もしかしたら、世界のどこかにはほんとうにある言葉かもしれない。あるとしたら、どんな意味なんだろ。

モッズコートのポケットから取り出したスマートフォンの液晶に指を滑らせ、みづ恵ちゃんが聞いた。

「今から、友だちのライブ見に行くんだけど、いっしょに行く？　えーっと、高円寺だって。出番は九時過ぎるらしいから」

「ちょっと気力ない。まだ抗生物質飲んでる状態だし」

「連れ回したらおばちゃんに怒られるか。じゃあ、寝ろ寝ろ。寝るのがいちばんだ」

「……食べてから」

わたしはすでに一つしか残っていない小籠包を、みづ恵ちゃんの真似をして手で取って食べた。みづ恵ちゃんは、冷蔵庫から勝手に缶ビールを出してきて、飲み始めた。

「あー、土日にこんなにゆっくり休みって、三年ぶり」

喉を鳴らして満足げなみづ恵ちゃんを眺めながら、小学校三年生の学級会で、クラスの女子たちに、「草野さんは運動会のときにおうちの人が来てくれなくてかわいそうだから、みんなでいっしょにいてあげようと思います」と言われたことを、随分ひさしぶりに思い出していた。

親が学校行事にめったに来なくてもわたしは気楽だとしか思っていなかったから、かわいそうだなんて言われてびっくりした。彼女たちにとってはきっと、土日はお休みの日で、そうじゃない人のことが想像できなかったんだろうな。ううん、彼女たちも、心からかわいそうなんて思ってなかったのかもしれない。ただ「かわいそう」という言葉を使ってみたかっただけじゃないかな。

みづ恵ちゃんは出かけ、わたしはまた布団に潜った。目を閉じ、夢にもう一度ウサイン・ボルトが出てきてさっきの言葉の続きを言ってくれないかなと願いながら、眠った。

翌朝、みづ恵ちゃんは、始発で帰ってきたらしい。

わたしは七時に、三週間ぶりにすっきりした気分で目覚め、朝食にコンビーフとキャベツ炒めを両親の分まで作った。それを食べた両親が店に出かけていってから、みづ恵ちゃんが起きてきた。酒を飲み過ぎた、という顔だったので、みそ汁を作ってあげたらよろこばれた。

みづ恵ちゃんは、そのあとまた一時間ぐらいソファで寝て、起きてスマートフォンで誰かとメールをやりとりしてから、言った。

「この辺で、写真撮るのにおもしろそうなとこ、ある？」

「なに系がいい？　社会派？　ネイチャー？　レトロ？　猫？」

「ネイチャーかなあーあーあ」

みづ恵ちゃんのあくびは大きい。

「写真の仕事してる友だちが来るんだけど、いっしょに散歩しない？　高校の同級生で、この近くに住んでんの」

わたしは頭の中で、近所を一回りしてみた。そして古い神社につながる遊歩道と公園を説明した。

「そこ行く途中にハンバーガー屋ができて、肉が高級で、アボカドとか入ってるやつ、それ食べたいなー」

「よしよし、奢(おご)ってやろう。合格祝い、は、もっと豪華なもんがほしいか。とりあえず、打ち上げ的なアレだね」

みづ恵ちゃんはまたあくびをして、お風呂入るねー、と廊下を歩いていった。


黄色いテントが目立つハンバーガー屋は、家族連れやらカップルやら女の子グループで満員で、わたしたちは店の外のウッドデッキに並ばされた。今日も日差しはなく、冷たい風の中で十五分も待ったそのあいだに、みづ恵ちゃんの友だちがやってきた。

「高木(たかぎ)です」

腕を体の側面にぴったりくっつけて場違いにていねいなお辞儀をしたその男の人は、

顔色が悪く、なんだか頼りない印象だった。背だけはひょろっと高い。アウトドアブランドのマークの入ったダウンジャケットはオレンジ色で、その明るい色が余計にちぐはぐに見えた。鞄は持っていなくて、代わりにごつめの一眼レフのデジタルカメラを肩から下げていた。

席に案内されてから、わたしは聞いてみた。

「写真家さんなんですか？」

「アシスタントです。まだ雑用」

高木さんは、愛想笑いが下手そうだった。写真関係の仕事って機材が重くて大変だと聞いたことがあったので、こんな体格でつとまるのかなと、初対面の人ながら心配になった。

「高木、蹴られてるんだって。この人が撮れば商品が売れる、みたいな有名カメラマンに」

「えっ。だめじゃないですか、辞めたほうがいいですよ」

「ほら、こんな年下の子にまで言われてるよ」

「うーん、そうかー」

高木さんは照れたみたいな顔をしてうつむいた。辞めないんだろうな、とわたしは思う。

運ばれてきたハンバーガーは、高さが十五センチはあり、ハンバーグ部分からは肉汁が皿へと流れていた。なんとか両手で挟んでかぶりつくと、肉の香ばしいにおいとアボカドの油が口の中で混ざり合った。

「肉だね」

「肉、肉」

わたしとみづ恵ちゃんは盛り上がったが、高木さんは、

「おいしいなあ」

と、一回しみじみとつぶやいただけだった。

「日曜の昼って、こういう雰囲気なんだな」

賑わっている店内を見回し、みづ恵ちゃんが、懐かしいことを話すような口ぶりで言った。店の外には、まだ行列が続いている。

「世の何割ぐらいの人が土日休みなのかなあ」

わたしが言うと、みづ恵ちゃんは、軽く首を傾げてわたしを見た。わたしは続けた。

「だって、この店で働いてる人いるし、電車もバスも動いてるし、テレビもラジオもやってるし、みんなが遊びに行く先には働いてる人いっぱいいるよ」

「平日休みだと、どこ行っても空いてるからいいよー。割引サービスもいろいろあるもんね」

みづ恵ちゃんは、お皿に山盛りのフライドポテトを摘みながら、あっちからもこっちからも呼ばれて慌てている店員を眺めていた。

ぼんやりしている高木さんが退屈なのではないかと気になり、尋ねてみた。

「写真の仕事だと、土日は関係ないですか？」

「いえ、やっぱり、仕事相手は普通に土日休みだから、基本は休みですね。でも、時間ない仕事だと、おれらにしわ寄せがきて月曜朝までにやんなきゃ、みたいなことも多いかな」

高木さんは、また照れたような困ったような顔になる。

世間は厳しいのか？　テレビやネットで言われてるみたいに、必死で就職活動をして落ちまくった挙げ句、過労死しそうな労働条件の下でろくな給料ももらえずに働くしかないのか？　わたしたちの世代にいいことはないのか？　未来とは暗いものなのか？

どうにかなんとか隙間みたいなとこでいいから、世間様の風をよけて細々と生きていきたいもんだねえ。と、二か月後の自分さえ思い描けないわたしは、たぶんまだ人ごとみたいに、思っている。

働いて、自分で生きていくって、どんな感じ？

「みづ恵ちゃん、次の仕事は平日休みと土日休みと、どっちがいい？」

「長い夏休みがある仕事ってないもんかねー」

みづ恵ちゃんがまじめな顔で言ったので、やっぱり自分と似てる、と思った。そして、みづ恵ちゃんに長い夏休みがある仕事が見つかったらいいのにな、そしたらわたしも、少なくとも蹴られなくても働ける職に就ける気がする。休みが何曜かは問いません！

バス通り沿いに歩いて辿り着いた公園は、カラスばかりが大声を上げて飛び回っていた。葉の落ちた木の枝が、曇り空に影絵みたいな模様を描いていた。人影は少なく、たまに遊歩道ですれ違うのはおじいちゃんおばあちゃんだった。

遊具のある広場に出たが、小さい女の子を連れた夫婦が一組いるだけで、がらんとしていた。

「人少ないね」

「寒いし」

みづ恵ちゃんはチェックのマフラーを顔の周りにぐるぐると巻き直しながら言った。

「最近の子どもは、外で遊ばないんだよ。休みの日も、親とワンボックスカー乗ってなんとかモールとかアウトレットとか行くんだよ」

「あー、そうだねー」

わたしは昨日、受験帰りの電車で見た親子連れたちを思い出す。買い物した袋をたくさん抱えた人たち。

「だって、なんもできなくない？」

高木さんが指差した看板には、公園での禁止事項が書いてあった。キャッチボールを含むすべての球技、ラケットなど道具を使うスポーツ、自転車、ローラースケート、スケートボード、花火、釣り、楽器の練習、大声を出す。

「大変だよなー」

みづ恵ちゃんの声は、マフラーの下でもごもご濁る。わたしはテレビで見たニュースを思い出し、

「近所の家から苦情が出るんだって」

と適当に証言した。

「うるさいのがいやなら公園の近くなんかに住むなよ。緑と風景だけ享受して子どもの声は排除って、どんなわがままだ」

みづ恵ちゃんは、近くの家を睨んで毒づいた。高木さんは、わたしとみづ恵ちゃんの会話を聞いていたけどなにも言わないで、広場を囲む木々を順に見て回った。それから、その幹のあたりにカメラを向け始めた。

近寄っていくと、カメラを構えた高木さんは、こっちを振り向かないで言った。

「アキニレですね」

わたしは、十五メートルはあるその木を見上げた。幹はそんなに太くないがしっかりとした木。空に向かって広がる枝には、葉は全然残っていなかった。

シャッターを切る音が響いた。その音もピントを合わせる電子音も、静かな公園には不釣合いに聞こえた。

「葉っぱもないのに、アキニレってなんでわかるんですか？」

高木さんは、今度はしゃがんで、枯れ葉の積もっているところにカメラを向けた。

「見慣れると、だいたい」

さっきまで高木さんが撮っていた幹は、木の皮が鱗（うろこ）状に剥（は）がれて、斑（まだら）模様になっていた。これが特徴かな、とも思うけど、高校の門のところにあるプラタナスもたしかこういう感じだったような。

高木さんはようやく、カメラを構えていた腕を下ろした。でも、相変わらず地面を見つめたまま、ぼそぼそと言った。

「興味のあるものって、区別がつくようになってくるでしょう」

アイドルグループのメンバーの顔と名前が一致するようなものかな、と勝手に理解して、わたしは、なるほどー、と頷（うなず）いた。

振り返ると、みづ恵ちゃんは、滑り台の上に立って遠くを眺めていた。寒い寒いと言いつつ、風の当たるところにずっといる。

わたしたちは、少しずつ遊歩道の続きを進んだ。幅の狭い川に出た。遊歩道はそのまま川沿いの道になって遠くまで延びていた。

しばらく行くと、小さい橋があった。コンクリートで両岸をまっすぐに固められた川は、夏に比べると水量は少なかった。三メートルほど下に見える水面には、鴨が三羽、浮かんでいた。一羽だけ模様が違って、たしか派手なほうが雄だったよな、と、橋の欄干から身を乗り出して眺めた。

左右のコンクリート近くには雑草が生え、水の中には水草も見えた。濃い緑色の、もずくみたいな水草は、川の流れのほうに向き、ゆらゆらと動いていた。

高木さんも欄干にもたれて、川の写真を撮り始めた。水を撮っているのか鴨か草を撮っているのか、わからない。みづ恵ちゃんは、この散歩自体に飽きかけているようで、対岸に並ぶ一戸建てを評論し始めた。

鴨を目で追っていたわたしは、そのそばの、草が生えている部分と川との境目あたりに、黒いものがあるのに気づいた。

「なんかいる」

水面ぎりぎりに、三十センチぐらいのぼってりとしたものが浮かび、てかてかと光っていた。

「あれ。あの、鴨の右のほう」

みづ恵ちゃんも、わたしが指した先を覗き込んだ。しばらくして、黒い塊は水の中に沈んだけど、空を反射する水面の下になにかがいるのははっきり確認できた。魚じゃない。全体にまるいし、ひれやしっぽみたいなものはなく、つるんとしている。

「サンショウウオかな?」

「こんなとこにいる?」

言い合うわたしたちの隣で、高木さんもしばらく目を凝らしていたが、またカメラのファインダーを覗いてシャッターを切り始めた。

「つちのこ」

みづ恵ちゃんが、突然、断言した。つちのこだよ。

「つちのこ？」

都市伝説を紹介するテレビ番組で聞いた、レトロな響きのその単語を、わたしは復唱した。うーん、それよりはたとえば、なみゅぎま、のほうが似合ってる気がするけどなー。そう、あのぬるっとした感じ。なみゅぎまっぽい。

高木さんはやっと、

「へえー」

と、どう思ったのかよくわからない声をあげたけど、それだけで、無心にカメラを水面に向け続けていた。欄干の下部分のパイプに足を掛け、腰から川のほうへ上半身を伸ばし、狙いを定める。

黒い塊は、じっと動かなくなった。つちのこ説に不服のわたしは、みづ恵ちゃんに聞いてみた。

「つちのこって泳ぐの？」

「だって蛇でしょ？」

「泳ぐのはうみへびだけじゃない？」

「泳ぐよ。テレビで見たし」

そのとき、カメラが、高木さんの手を離れて、宙に浮いた。

「あっ」

そして、まっすぐに、川に落ちた。ぼちゃん、がごっ、と音が聞こえた。

「あーっ」

と、わたしとみづ恵ちゃんが叫ぶあいだに、高木さんは走り、遊歩道沿いの柵を乗り越えた。三メートルほど先のそこには、コンクリートの護岸に配水管が突き出していて、高木さんはなんとかそこに足を掛けて、川に下りようとした。

が、その次に足を掛けるところはなく、高木さんは、垂直に近い護岸にくっついてずるずると滑っていった。そして、ばちゃん、と派手な音を立てて、お尻から水面に落ちた。鴨たちが驚いて飛び上がる。

「ちょっと、高木！」

みづ恵ちゃんは名前を呼んだが、高木さんは耳に入らない様子だった。下半身がずぶ濡れのまま立ち上がり、破れたダウンジャケットからは白い羽毛を舞い散らせ、ざぶざぶざぶ、と水の中を進んでいった。水は高木さんの膝ぐらいの深さだった。

さっきまでおとなしかった高木さんの急変ぶりに驚いた。水の冷たさも川底のヘドロも忘れて必死に進む高木さんの顔は、上気して赤みが差し、見開いた目も、別人のようだった。わたしは、そんなに大事なものがあるって羨ましい、などと考えていた。写真が大事なのか、カメラが大事なのか、わからないけど。上がってきたら、聞いてみよう。

カメラの落ちた場所に辿り着いた高木さんは、手を水に突っ込み、それを拾い上げた。わたしからはよく見えなかったが、たぶん、壊れていた。

「おーい、だいじょぶかー」

水が滴るカメラを両手で握ってあちこち確かめている高木さんの頭に向かって、みづ恵ちゃんは呼びかけた。高木さんは、顔を上げない。

わたしははっと気づいて、「なみゅぎま」を探した。そして、高木さんの足下で、黒い影が動くのに、目を留めた。水面の下、黒い塊は、高木さんの足の横をすり抜けて、離れていく。

「うしろ」

わたしは、指差した。

「逃げちゃう！」

叫んだが、黒い影は雑草が茂る下へ潜っていき、わたしたちはすぐにそれを見失った。

海沿いの道

寝転がったまま、あー、と言った。

右手で右耳を塞いで、あー、と言った。今度は、左手で左耳を塞いで、あー、と少し長く言った。両手をだらっと投げ出して、天井を見ると、透明なセロファンをぐしゃっと潰したみたいな形の光が揺れていた。見つめたまましばらく部屋に散らばったものを思い出していくと、洋服が入っていた透明な袋をぐしゃっと潰して放置した映像が浮かんだ。窓が開いたままなので少し風が吹き込んでいて、それが転がっている。風はあるが、蒸し暑くてTシャツは湿っていた。

もう一度、右手で右耳を塞いだ。じっと聞いた。きーん、と音がした。途切れるようで、実際に止む瞬間はなく一定の大きさで、きー、とずっと続いている。右手を離し、左耳を塞ぐと聞こえない。

「わー」

声を変えてみた。少しだけ、違う。

やっぱり。

耳鼻科に行かなければ、と思ったが、今日は土曜日でもう正午で、月曜は絶対会社に出なければならないし、行けるとしたらそのあとで、そのころには勝手に治っているかもしれないし、とつらつら考えながら起き上がった。踏み出した足の裏が、透明の袋を踏んづけた。天井の光も潰れた。潰れた音が、耳の中でくぐもって同時に先端がちくちく触れるような、そういうふうに聞こえた。

「うーちゃーん」

ぴんぽんぴんぽーん、と続けて鳴った硬い音が耳の奥に滲みた。開けかけたドアを強引に押して、みーこが入ってきた。

「トィレトィレトィレ」

と早口で繰り返しながらわたしの顔を見もしないでユニットバスに駆け込んだ。投げ出されたコンビニエンスストアの袋を拾い上げると、ペットボトルのサイダーとお茶とピノが入っていた。暑いからピノは冷凍庫に入れて、サイダーは勝手に開けて飲んだ。

「あー、勝手に開けて飲んでるぅ」

ユニットバスのドアが開き、みーこが大きな声を上げた。ごぼごぼと水が渦を巻いて流れていた。

「痛い痛い、耳が痛い」

わたしが大げさに声を上げて指を耳の穴に突っ込むと、みーこは大きな目を見開いて近寄ってきた。

「なに、耳って?」

「昨日ライブ行ってまたやった。騒音性難聴。耳鼻科行かないと」

「うーちゃん、大人なのにぃ。あ、ピノがない！」

わたしが指差した冷凍庫から、みーこはピノを出してきて蓋を開けた。ミシン目が破られる音が、聞こえにくい。床に落ちていた透明なセロファンを拾い上げて、ごみ箱に捨てた。天井を見上げると、もうなにも光っていなかった。さっきまであったあのごちゃごちゃした光もいっしょにごみ箱に入ってしまった。ごみ箱から光だけが這い出てきたらおもしろいのに、と思ってじっと見ていた。紙屑みたいな光の塊が、床を転がっていく。

みーこは、ピノを分けてくれたりはしない。意地悪ではなくて、そういう回路が頭の中にないらしい。十九歳だからかもしれない。わたしは七つも年上だからそんなことでは怒らない。みーこの茶色くて長い髪は、湿っているところがあった。ボディソープみたいなにおいもした。丸椅子の上の小さなスペースに膝を立てて座っていた。

「柏木くんは？」

と、聞いてみた。わたしがつき合っているマサヒコとみーこがつき合っている柏木は同じ大学の四年生で、同じマンションの三階と二階に住んでいた。ここは三階。みーこは空になった箱をごみ箱に投げた。真ん中に載った。

「あー、そうそう、あいつ鍵持っていったんだよ。すぐ電話したのに、もう電車乗ったとか言って、優しさがないよな。うーちゃん、服貸して」

みーこは立ち上がって勝手に押入を開け、さらに勝手にわたしが使っている半透明の衣装ケースの引き出しを開けた。

「あれがいい、こないだ着てたピンクのやつ」

「ピンク？」

と聞き返すあいだに、みーこはもうTシャツを引っ張り出していた。ピンクというよりは、紫に近いマゼンタ。スウェットを脱いで着替えながら、今度はみーこが聞いた。

「マサヒコは？」

実験、とわたしは答えた。なにをどう実験しているのか、三回聞いてわからないのでもう聞いていないが、九月に入ってからは朝八時には学校に着いてなければならないらしい。みーこはなんとも答えなかった。鮮やかな色のTシャツは、わたしよりもずっと似合っていた。黒いショートパンツから出た脚の先は裸足だった。

「ソウオンセイナンチョウって、どんな感じ？」

みーこが急に言った。わたしが言ったことを覚えていると思わなかったので、少し驚いた。

「耳が塞がってる感じが治らなくて、あと、きーんて、ずっと鳴ってる。き――って。あと、機械の音が滲みる。電子レンジとかやめてって感……」

「ライブよかった？」

「最高」

耳を傷めて貫通するギターの音が、不意に蘇った。同時に、重いドラムの音と、なんの楽器なのかわたしには区別できないたくさんの音。すぐ前にいた人の背中は会場で売っていた黒いTシャツ。その隙間で、ギターのヘッドから飛び出した弦の端が揺れて光っていた。

「じゃあ文句言ったらだめじゃん」

みーこはしゃがんだと思ったらまた立ち上がって、サイダーの残りを飲んだ。

「言ってない」

「ほんとだぁ」

目を丸くしてわたしを見、それからみーこはスピーカーに繋がれたiPodに手を伸ばした。

「静かなの、気持ち悪い」

「あっ、触らないで」

わたしはみーこのTシャツの裾を引っ張った。それは既にみーこのもので、もうわたしが着ることはない気がした。

みーこは、えー、と言った。だけど仕方がなかった。今、なにか音楽を聞いたら、わたしの頭の中で再現されている、あの音楽が消えてしまう。

みーこは落ちつきなく部屋を歩き回り、ベッドに上がって開いたままの窓から身を乗り出して下を覗いた。薄いカーテンの隙間の空は白く見えた。眩しい。耳だけじゃなくて、目もおかしくなっているのかもしれない。

　外からはたまに車の音がする以外、なにも聞こえてこない。周りには家がびっしり建っていて、どの家にも人が住んでいるはずなのに、静かだった。みーこが振り返った。

「じゃあ、外行く。うーちゃんの自転車貸して」

「わたしが乗るし」

　えー、とみーこはまた言った。


　西向きの廊下にはまだ日が差していなくて、コンクリートの冷たさが残っていた。みーこは隣の部屋のチャイムを、やっぱり連続して押した。

「後藤さーん」

　だいぶ間があってからドアが開き、生え際の後退しかかった銀縁眼鏡の男が現れた。玄関にも廊下にも、雑誌や漫画が積み上げてあるのが見えた。

「じってんっしゃかっしてっ」

「今日はちょっと……」

　と言って後藤さんが閉めかけたドアを、みーこは蹴った。ごーん、と音が響いた。その残響は、もっと離れた場所から伝わってきた音のようにゆっくりと、わたしの耳の奥に浸み込んでいった。耳の奥のたぶんうずまきみたいな場所に吸収された音は、体の中のどこかに溜まるんだろうか。

マンション前の雑草が生えた駐車スペースで、後藤さんは空気入れを上下させながら、わたしに聞いた。

「なんの仕事してるの」

「事務です。一般的な」

後藤さん、という名前とは知らなかったけれど、マサヒコがときどき漫画を借りているので挨拶は何度かしたことがあった。何やってる人、とマサヒコに聞いたら、なんか知らないけど文章書いてるって言ってた、と答えた。歳は？　四十ぐらいじゃないの。

後藤さんのグレーのTシャツの首回りは既に汗で濃い色に変わっていた。額にも汗が滲んでいた。錆の目立つ前輪に繋がれたホースの先がちゃんとはまっていないように見える。

「なんの会社」

「不動産関係です」

「カレシって学生でしょ」

後藤さんは充血した目でわたしをじっと見た。眠そうな顔だった。

「はい」

「お金、取られない？　なにかというと奢らされてるとか、あるいは、こっそり財布から抜かれてるとか」

「たぶん」

「どっち？」

「たぶん、ないです」

「わたしカシワギに取られたよ」

車止めのブロックの上を跳びながら行ったり来たりしていたみーこが言った。

「先週、いっしょにカレー作ったじゃん。ビールも買いに行って。あのときの金、ごまかされてる」

「いくら？」

年下の女の子からお金取るなんて別れたほうがいい。後藤さんがいなくなったら、話そうと思った。みーこは別のブロックに飛び移った。

「せんえん」

後藤さんは空気入れを後輪につなぎ替え、また腕を上下させた。

「気をつけたほうがいいよ。エスカレートするからね」

「はーい」

みーこは左手を高く上げた。左利きだった。真上から差す太陽に照らされたTシャツのマゼンタ色が眩しくて目を閉じた。短い間。昨夜三時間いた場所は地下で、ライトが差して眩しい場所だと思っていたが、やっぱり地下の闇の中だったので、闇に目が慣れていた。

「うーちゃん、なにやってんの。早く着替えて来てよ。遅い」

みーこが急に言ってしゃがんでいたわたしの背中を押したから、わたしはバランスを崩して前に倒れた。

階段を降りると、後藤さんはいなくて、髪もスカートもとても長い女の人とみーこが立っていた。

「祭り見に行くぞー」

言葉の内容と違って、みーこは坂の下をぼんやり眺めつつ覇気のない声で言った。後藤さんの自転車は結局パンクしていた。代わりに、その女の人の自転車の後ろに乗せてもらうらしい。

「こんにちは」

「こんにちは」

互いに会釈しあった。目の下にくまが目立つ青白い顔の人で、眉毛（まゆげ）も描いていなかった。

「西川（にしかわ）です。主婦です」

「あれ、西川さんが作ってる」

みーこが指差した隣の細長い二階建ての家の軒下には、三段になった青い網が吊（つる）してあって、中に開いた魚が並んでいた。

「できたらちょうだい」

「わたしも味見したいです」

ふふふ、と西川さんは笑っただけで、わたしたちが食べられる日が来るのかどうかはわからなかった。

西川さんの自転車は、後輪が二輪でそのあいだが籠になっているおばあちゃんが乗るような形で、その籠にみーこが収まって走り出した。

「軽いね、あんた」

西川さんはそれだけ言って、インド綿のロングスカートが邪魔そうにペダルを踏み続けた。

わたしはそのあとから、マサヒコの車輪の小さい折り畳み自転車で追いかけた。ハンドルから車輪までの距離が長くて安定が悪いから、乗るのは嫌いだった。このあたりの道は狭くて坂で蛇行しているうえにすぐに三つ股や五叉路などという中途半端な分かれ道ばかりに行き着き、下りでスピードが出ると反射神経が鈍いわたしは怖かったが、西川さんの自転車が遅いので助かった。ブレーキを握るたび、摩擦音が耳の奥に響いて痛かった。目も口も鼻も手を使わなくても機能を閉じられるのに、耳だけがいつも周りの音を聞いている。眠っているときも。

「楽しい」

籠の中に小さくなって座るみーこは、顔を上に向け家や木々や空を眺めていた。葉の色はまだ明るくて、日差しに透けると光っているみたいだった。国道を横切るとき、不意に、大勢の人が集まっているようなざわめきが聞こえた。でも、すぐ聞こえなくなった。目に見えたものは「見失った」と言うけれど、耳に聞こえたものはなんて言うんだろう。

坂を下りきったところは昔からある小さな商店街で、それからすぐ駅舎に行き当たってカーブした線路が見えて踏切を渡るとお寺があった。相当に歴史のあるお寺らしいが、週末ごとにここにくるようになって三か月経って、お寺に入ったのは初めてだった。見たのも、初めてだった。人がたくさんいた。

「祭り祭り祭り」

みーこが歌うみたいに繰り返すと、少し離れた角でシャッターの降りた空き家の横に自転車を停めて戻ってきた西川さんが言った。

「祭りじゃなくて、縁日よ」

「どう違うの？」

「御神輿（おみこし）とか、ないでしょ」

踏切の音が聞こえた。裏の道に入ってからでよかったと思った。耳がちゃんとしている日でも、あんな音を真横で聞いていたら気が狂いそうだと思った。電車が走り抜ける音は地面から響いてきた。急行は停まらない駅だった。

境内を取り囲むように大きな木が何本もあって、その枝と葉が作る塊が小さな山のように見えたし、傾斜がある場所なのでもともと小さな山なのかもと思った。短い石段を上がったところにある門のすぐ内側からずらっと屋台が並んでいた。赤いテントと黄色いテントがいくつか続いて、その向こうの砂利敷きの広場には白いテントやブルーシートで作られた急ごしらえの店に陶器や着物や箪笥が置かれていた。土日と重なると人が多いんですよね、と西川さんが言った。でも、白いポリ袋をいくつかずつぶら下げて歩き回っている人たちは、平日も暇そうな年齢の人がほとんどだった。

「なんか食べる？」

「いらない」

みーこは漂うような歩き方で、どこを見ているのかはっきりしなかった。甘いにおいがした。子どもの食べ物だ。

「わたし、お皿を集めているの」

西川さんが、広場の真ん中を占めている陶器屋の前にしゃがみ込んだ。八百屋の店先みたいに傾けて置かれたベニヤ板の上に、陶器が重ねられていた。骨董品ではなく、産地直送の安売り品だった。西川さんの長い長い髪はしゃがむと砂利の地面に先が着いていたが、気にする様子もなく、薄緑色の四角い小皿を裏返して見ていた。

「どういうのが好きなんですか？」

「緑色ならなんでも」

今度はその奥の、松の木が描かれた大皿を手に取った。そのあとはわたしの存在はまったく忘れてしまったみたいにひたすら陶器を取り上げては見つめていて、もっともっと時間が経ちそうだった。見回すとみーこはいつのまにか境内の奥の池の前のベンチに座っていた。わたしは本堂の前まで行って、軒の裏側の木が組まれた部分を眺めて古さと精巧さに感動した。ブルーシートに古本とこけしを並べていた店をしばらく見て立ち上がると、みーこが藍(あい)色の法衣を着た僧職らしきおじさんに話しかけられていたので、そっちへ歩いていくとおじさんはみーこから離れて裏の駐車場のほうへ歩いていった。

「だれ？」

「前にバイトしてた店のお客さん」

お坊さんが来るってなんのバイトだろうと思ったが、みーこの視線の先を見るととても大きくて金色に光る鯉が泳いでくるのが見えたので聞くのを忘れた。金色の鯉は、濁った水の表面を体をよじりながら進んで近づいて来た。池の水が、鯉の腹の上で粘液みたいに盛り上がっていた。口が丸く開き、水と空気をいっぺんに吸い込んでいた。枝の曲がった楠(くすのき)の陰で池は薄暗く、とても深く見えたけれどたぶん浅い。

思い出して、右手で右耳を覆った。きー、とざらついた微(かす)かな音がし続けていた。騒々しい場所にいると、耳鳴りは他の音に紛れて忘れてしまう。昨夜のライブのことも、忘れている。まだ半日しか経っていないのに。あんなに、一生忘れないくらいすごいものを見たと感動したのに。最前列にひしめく汗まみれの人たちの隙間からどうにかステージを覗いたとき、ステージとフロアとの境目の板が上下しているのが見えた。一つの塊と化した観客の動きに合わせて、速い呼吸みたいに、揺れていた。ギターの人はステージに仰向けになり、腹の上のギターを掻きむしっていた。マイクロフォンを通してひび割れた音が狭い空間を埋め尽くしていた。

みーこは鯉の行く先を目で追っていたが、鯉がぽちゃんと跳ねて姿が見えなくなりその波紋も消えてしまうと、未練なく出店のほうへ歩いていった。

「あれ、きれい」

みーこはまっすぐ指差した。広場の端で、衣装ケースを並べた上に薄汚れた布を敷いただけの、店主らしいおばちゃんも椅子に座って文庫本を読んでいて顔も上げないやる気のなさそうな店があって、その布の上のまばらな品物の中に、ガラスの器があった。アイスクリームを盛るのにちょうどよさそうな小振りのお椀で、薄い緑色の分厚いガラスは歪み、気泡が入っていた。要するにこういう古道具屋ではよく見かける、百年ぐらい前の吹きガラスの器だった。

「きれいなもの作れる人って、すごいよな」

みーこはしゃがんで短い指でガラスの縁を挟み、厚さを確かめた。

「役に立つものはすぐわかるけど、きれいなものはよくわからないから、それを作れるのも、それ自体も、すごい気がする」

声ははっきりしていたが、わたしに言っているのでもおばちゃんに言っているのでもなさそうだった。じっと動かないみーこの、頭のちょうど天辺にあるきれいなつむじを見下ろして、聞いていないかも、と思いながら言った。

「そういう気持ちって、どっから来るのかな、って思う」

みーこに反応はなかった。わたしは続けた。

「なんで、あっちじゃなくて、こっちのほうがいいってわかるんだろうね」

前に大学の授業で行った久保惣記念美術館で、「千声」「万声」という名前の対になった青磁の壺を見た。「万声」が国宝で「千声」が重要文化財だった。どちらも、水から引き上げられたばかりのように滑らかな曲線を描くそっくりな形だったけれど、首の部分の長さや胴の太さや取っ手のついた場所や、少しずつバランスが違って、全体として一目で違う壺だった。一見していいなと思ったほうが「万声」で、そうしたら先生が、国宝と重要文化財の違いがどこにあるかというと「万声」のほうが美しいからでそれ以上の理由はありません、と説明した。そういう感覚があるから、ここで売られている誰かが捨てたようなものにも値段が付く。名前や能書きで買ってしまう人だってたくさんいるだろうけど。

みーこはじっと動かないで、なぜか器を持ち上げることもなく、ただ指でガラスの丸い縁をずっと撫でていた。やっぱり聞いてなかったかな、と思ったら、

「いつから知ってるのかな」

と、こっちを向かないままつぶやいた。

「買ってあげようか、それ」

思いつきで言った。値段もわからなかった。やる気がなさそうに見えてこういう店は、驚くような高値を言ってくるものだ。それに、いいと思ったものはたいてい、値段もいい。洋服でも絵でも、なんでも。そう考えると、音楽や映画はどれでも同じ値段だから親切だ。ライブは多少高いときもあるけど。

「いらない」

みーこの声に、おばちゃんは文庫本を見たままだが反応した気配があった。

「なんで」

「これがどこかにあるって知ってるだけで、べつにいいから」

みーこは立ち上がると、

「見たし」

と言って、振り返りもしないで人の集まっている方へ歩いていった。わたしは人の少なそうな店を順番に覗いて、黄色いガラスの細長い花瓶を買った。千五百円を千三百円にしてもらった。

西川さんは、持参していたらしい布の袋に買ったものを入れていたが、包みを開けるのが面倒だと言って見せてくれなかった。

「なにか食べない？」

「うん」

さっきわたしが聞いたときはいらないと言ったのに、みーこは率先して屋台ゾーンのほうへ歩いていき、さつまいもスティックと書いてある赤いテントを指差した。

「あれ買って」

さつまいもを皮ごと縦に切って揚げて塩をかけた物体は、おいしかった。しかし、水分がないし一本食べるともう十分で、三人それぞれが一カップ買ったのを後悔したが、西川さんもみーこも順調に次々と口に入れ四本食べてしまって、わたしだけがまだ細長い紙カップに二本残したままで寺の外へ出た。

西川さんが自転車の前籠に戦利品のおそらく割れ物が入った袋を慎重に積んだ。髪、邪魔じゃないのかな、とまた思った。みーこは自動販売機で水を買っていた。

「樋口さん」

振り返ると、大柄な四十代後半ぐらいの女の人が立っていた。その横にはさらに体の大きいゴルフウェア姿のおじさんがいた。

「やっぱり、樋口さんだわ。わたし目はいいんだから。元気だった？　るみなちゃんも女子大生になったのよ。樋口さんのおかげよ」

明るい色の髪を大きくカールさせた女の人は、甲高い、今のわたしにとっては聞きづらい声で言葉を繰り出した。るみな、という名前で記憶のどこをたぐればいいかわかった。

「あ、ああー。ご無沙汰してます」

「杉並のほうじゃなかった？　横浜に引っ越すって言ってたかしら？　もう就職してるんだものねえ。なんのお仕事してるの？　ほら、お父さん、樋口さんよ、るみなちゃんの家庭教師してくださった」

「そうだっけ。そうだった、そうだった」

小沢夫妻は七福神の中の誰かのように福々しい、よく似た笑顔で、わたしを囲むように立った。

「骨董品集めてるから、こんなとこまで出張して来ちゃった。掘り出し物ってなかなかないものね。ほら、あのとき家建ててる途中だったでしょ？　最近、客間を古民家風にするのに凝ってて。伊万里焼のコレクションを母が持ってたから……」

と小沢さんのおばさんが自慢の品々を順番に説明し始めたところへ、みーこが戻ってきた。

「だれ？」

「大学のときに家庭教師してた女の子のご両親」

「こんにちは」

みーこは妙に礼儀正しく足を揃えてお辞儀した。

「あら、それ、ちょっと見せてもらっていい？」

小沢さんのおばさんはわたしが提げていたポリ袋からはみ出している黄色い花瓶を、言い終わらないうちに引っ張った。西川さんとみーこは、西川さんの自転車にもたれて、小沢さんのおじさんは右手に持った車の鍵をかちゃかちゃ鳴らしながら、事態の推移を見守っていた。

「これこれ、こういうの探してた。風水の先生にね、首の長い、黄色い花瓶にコインを入れて西側の階段に置きなさいって、そうしたらお金が貯まります、って言われたのよう。でも、ないの！　黄色くって、首の長い花瓶なんて！　散々探したのに、ここにあったのねえ。おいくらだったの？」

「千三百円です」

「うそ。そんなもんなの？　よかった、このあいだ見たの買わなくて。二十万損するとこだったわ。ねえ、これ譲ってもらえないかしら」

「お母さん、失礼だよ。ははは」

「わかってるわよ。お礼はします。樋口さん、これからなにかご予定あるの？」

おばさんは、サプライズのプレゼントを隠して喜んでいる人のような顔で聞いた。

「わたしたち、このあと葉山（はやま）のお友だちのお店に行くの。そう、前に行ったあのお店よ。改装っていうか、隣に新しい建物を増築したんだけどね、イタリア人の建築家が設計して雑誌にも載って、目の前は海だけでもう最高！　ごちそうさせていただくわ。もちろんお友達もご一緒に」

「ああ、いいね。若い女性が来たら喜ぶよ。あいつ、まだモテる気でいるから。はは」

おじさんの低いけど重くない笑い声は、懐かしいというかある時間の記憶が確実に蘇(よみがえ)ってくる響きだった。

「これ、同じのもう一つ売ってました」

わたしは、できるだけ正確な発音で言った。

「本堂の真ん前の店です。ついさっきだから、まだあると思います。誘っていただいてうれしいんですけど、わたしたちは行けません。どうもありがとうございました」

勢いをつけて頭を振るようにして、お辞儀した。周りが揺れた感触に、昨夜の感じ、と思った。頭を振って、耳の中から回転していくような感じ。なにか重要なことを思い出せた気がして、うれしかった。

小沢さんのおじさんとおばさんは、一瞬顔を見合わせたが、おばさんはすぐに笑顔に戻った。

「あら、そう。るみなちゃんも会いたかったと思うわ」

「はい。よろしくお伝えください」

わたしはもう一度頭を下げた。

「じゃ、お元気でね」

「さようなら」

わたしたちは、駅のほうへ歩いた。みーこが別の友だちに会いに行くと言い出したので、横浜行きの赤い電車が近づくまで改札で待ってから見送った。残されたわたしと西川さんは、並んで自転車を押して坂を上った。いちばん急な坂の途中で、西川さんが言った。

「わたし、葉山にすごく行きたいお店があったんです。天然酵母のパン屋さん。お願いしたら乗せてくれましたかね」

「運転やばいんですよ、あの人たち」

わたしは言った。西川さんは、やっと納得がいったふうに大きく頷いた。

「ああ、それで行かなかったんですね」

「そうなんですよ。かなりやばいから。危険なんです」

「元気っていうか、楽しそうな人たちですよね」

「すごい恵まれたバイトでしたよー。時給よかったし、毎回晩ごはんとお菓子付きで、お鮨屋さんも連れてってくれたし。うん、楽しかったです」

坂を勢い良く下りてきた自転車と擦れ違った。いちばん暑い時刻だった。

期待に反して、西川さんは家に呼んで干物を味見させてくれるということはなかった。

マンション下の駐車スペースに座り込んで、しばらく話した。

「それって、どうやって治るんですか？」

今日は騒音性難聴で耳が聞こえにくい、という話をしたら、西川さんは自分の耳にも変調が現れた気分になったのか、手で耳を覆ったりつばを飲み込んだりしながら聞いた。わたしも、相変わらず耳を前に折り曲げてみるなどして、ときどき耳鳴りを確かめた。ましになった気もするし、そうでもない気もする。

「最初になったのは中学三年のときで、そのときは、鼻に管入れて、耳に空気通したんですよ。鼻の奥からぼこぼこって空気が走る音がして、三半規管がどうとかなのかわかんないですけど、周りが一回転してすごい気持ち悪かったんです」

天井と緑色の床と歯医者みたいな強い光の照明器具がすごい速さで回転した光景が、頭をよぎった。気持ち悪かったけど、もう一度体験したいと思っていた。

「あー、そういうの、わたし絶対だめなんです。遊園地の丸い回転する乗り物も、子どものときに知らずに乗って一週間ぐらい立ち直れませんでした」

西川さんは三十五歳だと言ったが、ずっと丁寧語だった。マンションの隣のあの家には、夫と自分の母と住んでいて、夫は国家公務員だそうだが、それ以上はまだ秘密なのだった。

「でも、空気通すだけじゃちゃんとした治療じゃなかったみたいで、高校になってまたなったとき別の耳鼻科行ったら、ステロイド剤とか飲まないと治りません、て」

わたしは、難聴の説明を続けた。

「治療が終わって聴覚検査したら、それが原因かどうかはわからないけど、聞こえてない領域があるらしくて」

「あー、聴覚検査ってあれでしょう、昔の黒電話の耳のところだけみたいなのからぴーって音がして手を上げるの」

「ありましたね。でも、病院だともっと厳密で。電話ボックスっていうか、超小型のレコーディングブースっていうか、そういう箱に入って、ヘッドフォンして手に握ったボタン押すんです」

「わたし閉所恐怖症だから無理ですね。考えただけで怖いわあ」

耳のうしろに聴診器みたいなのを当てる骨伝導の検査もおもしろかったから説明したかったが、話題を変えることにした。自分の言いたいことばかり言うのは、人としてよくない。

「西川さんって、料理得意なんですか」

「なぜ?」

西川さんが不審そうな表情を浮かべたので、間違ったことを聞いたのかと思って遠慮気味に言った。

「干物……」

「なあんだ。あそこに干してあるアレですね。実験ぽいことが、好きなんですよね。天然酵母のパンも、実験みたいなものですよ。酵母の作り方って知ってます？　わたしはだいたいりんごかぶどうで作るんですけど」

「普通にお店で売ってるりんごとかぶどうですか」

「ええ、普通にお店で売ってるりんごとかぶどうです。まず、これくらいの瓶を用意して煮沸消毒するんですね」

「へえー」

　がさつな自分の苦手そうなことばかりなので作ることはないだろうと思ったが、今日は小沢夫妻に会ったから、そのあとパンが焼き上がるまでの全工程を聞いた。汗が、首を伝って背中へ流れた。雑草の緑色はよりいっそう濃くなり、風も吹かない乾いた地面でまっすぐ上に向かって伸びていた。

　夜になっても、マサヒコは帰ってこなかったので、床に転がってぼんやりしていた。みーこも柏木も帰ってきた気配はなかった。隣の後藤さんの部屋からは、ドアを開け閉めする音がときどき聞こえた。漫画を借りに行こうかとも思ったが、やめた。音をなるべく聞きたくなかったので、テレビもつけなかった。目を閉じて、二十四時間前のライブの音と光を、蘇らせようと努力していた。眠ってしまいそうになったから、途中からは目を開けた。

　小沢さんちの一人娘でその時は中学三年生だった「るみな」に、夏休みどこか行くの？と聞いたことがあった。特に意味はなく、夏休みだから聞いてみただけだった。るみなは、お母さんと友だちとそのお母さんとローマとイタリアに行く、と答えた。ローマもイタリアだよ、と訂正する気も起きなかった。るみなは、勉強が嫌いというか、単に興味がないので、知らないことがたくさんあった。明るく素直で人なつっこい子だったから、わたしがなにか教えると感心して聞いてくれた。でもすぐ忘れた。どんなところを観光するの、と聞いたら、ローマとイタリアってどっちが遠いの？と言った。わたしは、睫毛の長い大きな目で見つめるるみなの顔をそのとき初めて会った人のように感じながら、聞いてみた。

「世の中に、自分がまだ知らないことがいっぱいあるって思ったら、知りたくならない？」

「知らないってこともわからないから、だいじょうぶ」

るみなは、うれしそうに微笑んだ。ほんとうに、この先もこのままでだいじょうぶで、どこにあるのか知らない場所にも簡単に行くことができるのだろうと思った。一か月後、お土産に免税店で買ったシャネルの化粧品をくれた。使わないから友だちにあげた。

頭の中で、確かにライブのときの音楽が鳴っているのに、どうしてこれを保存して好きなときに再現できないのか、ずっと考えていた。きっと少しずつ、忘れて、CDの音かライブの音かわからなくなってしまう。そして、昨日のライブを録音したCDが発売されて、それを聞いたら、そのときに確実に、わたしの中の音は失われてしまうと思った。今は、ちゃんとわたしの中に、どこかはわからないけど、体の中のどこかに、この音は存在しているのに。耳鳴りは治まってきた気がして、何度も耳を塞いでみた。小さく聞こえ続ける金属的な音が、消えてしまわないことを願っていた。

　だけど、そんなふうに思うのは、わたしがまだ弱いからだ。


　大学四年になる前の春休みに、るみなの高校入学祝いの食事会に誘われて、小沢さん夫妻と長女のるみなと、銀色の車で葉山へ行った。

　崖の上で海が一望できるレストランを出ておばさんの運転で山を越える道を走って十分後、るみながジュース飲みたいと言い出してコンビニに寄った。おじさんとるみなとわたしが先に車を降りて、短い横断歩道の前の自動ドアをくぐろうとした瞬間、背後で、ぎゅうんと空気が引っ張られるような感覚と同時に、ぼおん、と衝撃を伴う大きい音が響き渡った。わたしの頭に浮かんだのは、自動販売機が横倒しになった図だったが、振り返るとさっきまで乗っていた銀色のドイツの車が、路地を挟んで隣の黄色い家の角に突っ込んでいた。車は室内灯が点灯し、いっぱいに膨らんだ真っ白いエアバッグと、そこから立ちのぼる白い霧のような煙を、照らしていた。ヘッドライトは、車が刺さった家の庭にあるまだ蕾の桜の木をライトアップしていた。

ドアが開いて、おばさんが降りてきた。ゆっくりした動きで、元気そうだった。そしてわたしたちのほうを向いて、言った。

「だいじょうぶよ」

それからおばさんは、車の前方を覗いた。遠目には、車の形は変わっていないように見えた。通りかかった人たちや近所の家から出てきた人たちは、路地の両端の角のところより近くには入ってこなかった。アパートの窓に明かりがつき、人影が見えた。

おじさんが歩いていったので、るみなとわたしはそのあとに続いた。おばさんは腕組みをして、左右に揺れながら車を見ていた。

「お父さん。この車、どうかしちゃったんじゃないの？」

「バンパーへこんでるな」

「そうじゃなくて、わたしはちょっと右寄りに駐車し直そうとしただけなのに、こうなるっておかしいじゃない」

「そりゃそうだ。おかしいよ」

「お母さん、天然ボケだね」

るみなは、ぶつかった黄色い壁の下に散らばるヘッドライトの破片がきらきら光っているのを、興味深そうに眺めていた。コンビニから、縞々の制服を着た店長らしき男の人が走ってきた。

「だいじょうぶですか？」

「ああ、なんだか、この車が勝手に動いちゃったのよ。外国のって信用ならないわね」

おじさんは、運転席から上半身を突っ込んで車の中を見回し、薄っぺらい紙を取り出して眺めたあと、携帯でどこかに電話をかけた。

「あ、タカハシか？　車が勝手に動いてぶつかって、向かいの家がヒビはいっちゃったんだけど、これ保険てどうなってた？　家？　たいしたことねえよ、軽くひび割れできただけ」

比較的敷地に余裕を持った家が並ぶ静かな一画に、顔には出ていないが酔っているはずのおじさんの声はよく響いた。遠巻きにこちらを窺う人たちの視線にも負けず、おじさんは堂々とした態度で電話に向かって話し続けた。おばさんはぶつかった家の玄関に回り、呼び鈴を押した。二階建ての家は、どの窓も暗かった。

「お留守かしら」

向こう隣の家からそろそろと近づいてきていた品のいい白髪のおばあさんが、声をかけた。

「今日はお出かけですよ」

「困っちゃうわねえ。連絡先って、わかるかしら」

「ちょっとお待ちください」

おばあさんは家に戻った。わたしは車に近寄り、しゃがんでプラスチックの破片を弾いているるみなのうしろから、車の前部を覗いた。壁に突っ込んだところは壊れているし、エアバッグが飛び出してドアが開きっぱなしなので印象は派手だが、ボンネットは形を変えずメタリックな光沢を保ち続けていた。やっぱりこういう車は頑丈なんだなと、感心した。小沢さんのおばさんがわたしを見て言った。

「車は気をつけたほうがいいわよ。人間と違っていきなり何するかわからないから」

「はあ」

「じゃないと駐車場から出すだけで、こんなふうになっちゃうなんてありえないでしょ」

「そうですね」

「もう、急いでるのに。……あ、もしもし、ミナコさん？　え？　そうよ、聞いてよ、うちの車ったらひどいのよう。そう、全然まだ店の近くなんだけど」

おばさんはさっきまでいたレストランの誰かと携帯電話で話し始めた。わたしは自分の携帯電話で時刻を確かめた。夕方から食事を始めたのでまだ九時前だった。コンビニの雑誌棚の前のガラス壁にもたれ、夕食に食べたイタリア料理の画像を、前菜からデザートまで順番に小さな画面で確認した。

十分後、とりあえず、道をふさいでいる車を駐車場に戻そうと、おじさんが運転席に乗り込んだ。ががごがごがごがご、と車が突っ込んだときよりも大きな音が、夜の街に響き渡って、空気も家も地面も振動させた。より多くの窓に明かりがつき、それぞれの窓から人のシルエットがこっちを覗いた。おじさんは何度かエンジンをかけ、四度目に、ものすごい音がするのにも構わず、バックさせてコンビニの駐車場に、斜めにではあるがとりあえず車を配置した。エンジンを切っても、その振動だけはわたしの体に残っているみたいに思えた。

さらに三十分経過しても、おじさんが電話した保険会社からは助けに来るという連絡が来なかった。日曜の夜だからかもしれなかったし、高級な車だから仕組みが違うのかもしれなかったし、とにかくわたしにはわからなかった。壊れた車にも欠けたりヒビが入ったりした壁にもとっくに関心を失ったるみなは、コンビニを出たり入ったりしていた。

「お店とかないの？　寒い」

「田舎だからね。なんにもないのよ」

るみなとおばさんは、コンビニで買ったハーゲンダッツを駐車場のブロックに座って食べ始めた。

わたしは思っていた。警察が、来ない。どうして誰も、呼ばないんだろう。これが、誰かがやってくれると思って結局誰もやらないという現象なのかもしれない。それとも、人を轢くなどの大事故でなければ呼ばない決まりになっているんだろうか。わたしが事故と警察を勝手に結びつけて考えていただけで。運転免許を取っていないから、交通ルールに関しては無知だし。

知らない町だった。目の前の道路がどこに向かっているのか、町はどういうふうに広がっているのか、知らないから、このコンビニの明かりに照らされた範囲だけが暗い中に浮かんだ島みたいな気がした。見物人たちも飽きていなくなった。たまに、すぐ近くの家の窓に人影が見えたが、事態に進展がないことがわかると消えた。家々の向こうには、山があった。近いから、その暗闇の量がわたしのほうに向かって雪崩落ちてきそうに感じていた。夜中でも明るい街で育ったから、暗いところは嫌いだった。たとえば頑丈な車にぶつかられたこの家で暮らしたらどんな気分だろう、と思った。山があって海があって桜の木もあって、二階建ての黄色い家。道路を、車が走っていった。

車が突っ込んでから一時間が過ぎ、小沢夫妻は車のうしろに積んでいたゴルフクラブを取り出し、駐車場でスイングの練習を始めた。

「もっと、こうだよ。しっかり腰入れて」

「そんなに真剣にやらないからいいのよ」

おばさんはコンビニのガラスにかすかに映る自分の姿をときどき確認しながら、るみなにもクラブを持たせようとしたが、るみなは携帯のメールに熱中していた。

「あのー」

コンビニでの立ち読みにも限界を感じたわたしは、鈍く光る銀色の棒を振り回すおばさんに近寄った。おばさんはやさしい笑顔を見せた。

「全然だいじょうぶよ。もうすぐ友だちが迎えに来て送ってくれるし、待ってて」

おばさんの知人であるレストランの奥さんが、仕事の段取りがつき次第迎えに来る、と言ってから、二十分が経過していた。黄色い家の人も帰ってくる様子はなく、割れて落ちた壁のコンクリートも、車の破片も、なにも変化はなかった。

「というか、だいじょうぶなんですか？」

「保険で全額カバーできると思うわ。若いのに、心配性なのね」

おばさんは笑い、おじさんも笑った。

レストランの奥さんが、黒いワンボックスカーで迎えに来た。奥さんは、あらあら派手にやっちゃったのねー、と車や家を観察し、コンビニでお茶を買った。おじさんは早々にワゴン車に乗り込み、またどこかへ電話をかけて話し始めた。おばさんは、向こう隣の家の呼び鈴を押し、出てきたさっきのおばあさんに聞いた。

「あ、ちょっと、あの家の人、名前なんでしたっけ」

「林（はやし）さん？　今日中には帰ってくるらしいけど」

「そうそう、林さんね。じゃあ、わたしたち、行きますので」

「ああ……、そうですか？」

おばあさんは少し戸惑った様子で、家の中を振り返った。誰かを呼ぼうとしたのかもしれない。

「どうもー」

会釈してから、おばさんはこっちへ歩いてきた。

ずっと気になっていたことが、そのとき、はっきりした。もしかしたら、事故が起きた瞬間からではなくて、湾岸のマンションの三十五階の、夜景が死にそうにきれいな部屋に最初に行ったときから、わかっていたことかもしれなかった。

たぶん、事故の責任を認めないために謝ることを拒んでいる、というのではなくて、単純に、思いつかない。そう思うと、ようやく安堵する気持ちが湧いてきた。

開け放たれたワゴン車のスライドドアから、おばさんが手を伸ばした。

「さあ、乗ってちょうだい」

奥のシートから、るみなが愛らしく微笑んだ。

こいつらといっしょにいたら、やばい。

ワゴン車の向こうで置き去りにされようとしているぴかぴかに光る頑丈な車が、目に入った。

「わたし、一人で帰ります」

パーカのポケットの携帯電話を握りしめた。地図はコンビニで、バスの時刻表は携帯サイトで確認済みだった。

「バス、ありますから。稲村ヶ崎の友だちの家に、泊めてもらおうと思って」

おばさんとるみなは、ちょっと顔を見合わせたが、それだけだった。

「そう。残念ね」

「ごちそうさまでした。るみなちゃん、高校がんばってね」

「うん。先生もがんばってね」

「さよなら」

レールを鉄が滑る音が響いて、スライドドアが閉まった。わたしは駐車場を横切って、歩道へ出た。わたしを追い越したワゴン車から手を振るるみなに、手を振り返した。

バス停で時刻表を確かめると、逗子駅行きの次のバスまで十五分以上あったので、車で来た道を逆向きに辿って歩きはじめた。しばらく行くと小さな川に出た。道も暗かったが、川はもっと暗かった。下流を見ると、すぐに海だった。海は暗闇の塊だった。黒い水が、広大な窪みを満たしていた。夜はまだ寒かったし、しばらく外にいたから手足が冷えた。食べ過ぎてまだ重い胃を抱えて、止まらないで歩いた。海から湿った風が這い上がるように吹いてきた。車は通るけど、歩道で出会う人はいなかった。向こうから車がやってくる度、ヘッドライトが眩しくて、その残像が夜空の真ん中に光みたいな穴みたいなものを見せた。カラスが鳴く声が聞こえたが、暗い中に黒い鳥を見つけることはできなかった。

次のバス停は、海沿いの道にあった。ベンチはあったが、冷たそうなので立っていた。よく見えない海から、波の音がした。人が歩いてきた。小沢さんのおばさんと同じくらいの歳に見える人で、自転車を押していた。わたしがぶら下げていた今日食事したレストランに併設のパン屋の袋に目を留め、話しかけてきた。

「ここのパン、おいしいのよねえ」

「初めて来たんです」

「まあ。遠くの方？」

「そんなに遠くないけど、ちょっと時間かかりそうです」

「気をつけてね」

おばさんは自転車を再び押し始めた。

「気をつけます」

わたしは言った。なんで自転車に乗らないんだろう、と思った。

バスが来る気配がないので、海側の歩道沿いにまた歩き始めた。カーブの先へ出ると、海が遠くまで見えた。空と海の曖昧な境界を、船の光がいくつかゆっくり走っていた。止むことのない波の音に、押し出されるみたいな感じがして体が軽くなり始めた。わたしは、少しずつ駅から離れていった。

地上のパーティー

二棟の四角いタワーが青い空に突き刺さっていた。首が痛くなるほど上を向いてその最上部を見続けていると、空と地面が逆になってしまったような錯覚に陥った。おれは、いったん立ち止まって、体勢を立て直した。

会社で同じ部署の先輩である上原今日子と、総務部の小金沢めぐみは、マンションのエントランスに向かって、五メートルほど前を歩いていた。

「すごいねー、三十一階だって。地震で一時は下がったけど、この辺は地盤が固いからかえって値上がりしてるらしいよ。平均坪単価二百三十万、いや二百五十はいってるとして……」

上原さんは、自分のマンションでもないのになぜか自慢げに、そして金額ばかりを繰り返していた。仕事中も、なにかにつけて金のことを言う。しかも単にいくらというのではなく、客単価とか利益率とか、分析するのが好きらしい。

「はあ」

一方の小金沢さんは、気の抜けた声を漏らす。おれは、小金沢さんとは仕事で直接関わることはほとんどない。会社の入り口近くの席に、おたふくっぽい顔で一日中座っている人、という印象だったが、駅で待ち合わせてここまでの徒歩四分のあいだも、妙にふくふくした笑みを浮かべて、はあ、そうですか、はあ、と聞いているのか聞いていないのかわからない相槌しか発しない。

マンションのエントランスは三階分くらい吹き抜けになっており、ばかでかいソファと観葉植物が余裕を持って配置されていた。黒いスーツを着た隙のない感じの女が二人いるコンシェルジュデスクの向こうには、エスカレーターがあった。「ホテルライクな」、と広告に書いてありそうな陳腐な文句が浮かぶ。上原さんが携帯電話で部屋番号などを確認しているあいだに、おれは、なんのために使うのかよくわからない空間を見回していた。ホテルライクな、ホテルライクな、と頭は勝手に無意味な言葉をリピートする。

タワーマンションの珍しさもとっくになくなって、主要な駅前には一本ずつ生えている。今年の初めに地元に帰ったときに大学の同級生で去年引っ越したやつのマンションに行ってみたときも、このコンシェルジュデスクというものがあった。さえないブレザーの男が立っていて、安っぽいビジネスホテルみたいだった。

ただ、ここのマンションはそれなりの高級ブランドなので、エスカレーターを上った先の中二階には図書館みたいな本棚が見えたし、コンシェルジュデスクの奥には喫茶スペースまであった。緑色のタブリエをつけた店員が、エスプレッソマシンを操作していて、コーヒーの香りが漂ってくる。

「あのカフェって、コーヒー一杯いくらだろうね。住民と一般人で値段違うのかな」

金にばかり関心を持ち続ける上原さんを先頭に、開いた自動ドアの先のエレベーターに乗り込む。

「すごいっすね。ホテルライクですね、ホテルライク」

実際に声に出してみたら頭の中で回っているほうが消えてくれるかと思い、わざとらしい感じで言ってみたが、上原さんには受け流された。

「でもああいう付属物で管理費高くなるんだったら、別にいらなくない？　宅配ロッカーと自販機でじゅうぶんだよ」

「ですよねー」

エレベーターに乗り込みながら、おれは適当に言う。小金沢さんは、曖昧な笑みを浮かべたままなにも言わない。小金沢さんは、上原さんと同じ二十七歳のはずだが、若さがないというか、中学生からおばちゃんになるタイプだ。顔も着ている服もなんだかぼんやりした感じ。特徴のない、クリーム色のカーディガンに薄茶色の膝丈スカート。欠点もないが、目を引くところもない。一年くらい前に結婚して今の名字になったが、相手の男はどこを気に入って結婚を決めたのだろう、と単純に疑問に思う。

「素敵ですねえ」

急に小金沢さんが言ったので、軽く戸惑った。なにに対して評したのかわからない。エレベーターか？　半球形の監視カメラのついた、木目調のパネルに囲まれてほとんど音もなく上昇していくこの箱が？

「ですよねー」

わからないまま、答えてみた。

先月、休みを取って京都に旅行したときのこと。三十三間堂で千体の千手観音立像とその前に並ぶ二十八部衆を眺めていたら、うしろから男の声が聞こえた。

「阿修羅（あしゅら）って、超有名なやつじゃね？」

「ですよねー」

振り向くと、出張中のサラリーマンが寄り道してみた、という雰囲気の二人だった。最初にしゃべったほうが先輩らしい。斜め後ろに立つ後輩の男は自分が知っていることや関心には蓋（ふた）をしているのが明らかだったが、能天気な先輩に合わせ続けていた。

「早く飯行きてえな」

「ですよねー」

その会話を聞いたとき、おれは知った。「ですよねー」というのは、言いたいことが言えないときか、なにも言うべきことがないときに発する言葉だと。

「ですよねー」

エレベーターの中で、もう一度、無意味に口に出してみると、上原さんの視線がすぐにおれに刺さった。

「なにが？」

「えっ？」

「ですよねーって、なにに対して？」

「……その、角部屋だったらさらに高くなるんでしょうね」

「角部屋は面積も取ってるから。平均価格帯の三割は上だろうね」

窓のない廊下には、ここが地面から百メートル以上離れていると感じられるものはなにもなかったし、人の気配もまったくなかった。白い壁に焦げ茶色のドアが並ぶが、その向こうにどんな部屋があるのか推測できるものはなに一つなかった。おれたちの靴音も、灰色の絨毯にすぐに吸い込まれていった。廊下を二度曲がると非常口が見当たらなくて少し不安になった。

「うわー、ひさしぶりだねえー。ウエちゃん、全然変わってなーい」

普通のマンションより二回りは大きい玄関ドアを開けた途端に、部屋の主である西田曜子が聞き覚えのある声で歓待してくれた。

「小金沢さんも元気ー？　あ、えーっと……」

「野々宮です」

「あ、それそれ、野々宮くん。なんていうか相変わらずだねえ」

おれの名前を忘れていた西田さんは、一年前に会社を辞めた。結婚のため、と言っていたが、上司と相当合わなかったらしい。結婚は角を立てずに辞めるいちばん便利な理由だからね、今でも、と上原さんに教えてもらった。西田さんは今は、外資系化粧品会社のマーケティングの仕事をする傍ら料理を習っていて、夫は金融系のシステム開発の会社で出世頭で、とそれもここに来る途中に上原さんが予想年収と共に説明してくれた。

上原さんは物知りだし親切だ。

今日は、西田さん宅の引っ越し記念パーティーかなんかだった。三日前に会社の隣の席で上原さんが、グラムいくらの神戸牛が食えるとかお取り寄せの一斤三千円のパンがあるらしいとかしつこく言うので、いいっすねー、と適当に答えているうちに、いっしょに行くことになった。会社でのおれの扱いは、今どきの覇気のない男子、という枠になっている。三年前の入社早々、上司がキャバクラに誘ってきたのをめんどうくさいので断ったら、草食、精子が少ないなどと言われるようになり、同居人がもらってきた高級チョコレートを昼休みに食べていたら、今度はスイーツ男子ということになった。うれしくはないが、おかげで会社の女の人たちがバラエティに富んだ食べ物をくれるようになったので、訂正もせず放置している。今日、このパーティーに連れられてきたのもその一環だ。

鈎の手になった人工大理石の廊下からリビングにつながるドアを開けると、まぶしかった。二十畳はありそうなリビングの、正面の大きな窓から、右手にもう一棟のタワーと、広々とした関東平野が見渡せた。秋晴れの青い空と、どこまでも建物でびっしりと埋め尽くされた地平が、遠い先で霞んで溶けていた。

角部屋だね、と確認するような目で上原さんがおれをちらっと見上げてから、窓のほうへ駆け寄った。

「うわー、すごいですねー、窓でかーい」

「へー」

と、小金沢さんが小さな声で言う。表情は大して変わらない。この人はなにかに感動するとか驚くとか、あるんだろうか。つまらなそうにも見えないが、なにも感じていないように見える。

西田さんは、おれたちの背後で余裕のあるほほえみを浮かべてテーブルの花の向きを直しながら言った。

「せっかく三十一階なのに、北東向きだから日当たりもいまいちだし、富士山も見えないの」

「でも、あれ、あるじゃないですか。スカイツリー」

上原さんは、遠くに小さく見える白い塔を指差した。見えると査定アップしますよね、と言うかと思ったが、そのあとは判別できた建物の名前を挙げ連ねた。

部屋の中は、モデルルームとまでは言わないが、きれいに片付いており、そしてほどよくものが配置されていた。いずれはこの部屋でプライベートな料理教室を開こうと計画中なのだそうだ。プライベートな料理教室、ってどういうことだかよくわからないが。棚の中の本は斜めに突っ込まれていたり、ソファには柄の違うカバーのクッションが多めに重ねてあったりして、きっとこれはわざとなんだろう、と感じる。ちょっとした生活感、気取らないセンスの披露。でも、まあ、すっきり広い部屋というものは、やっぱり気分がいいものだ。

今朝、家を出るときの自分の部屋を思い出す。床には洗濯物や雑誌や紙袋や鞄が散らかり、キッチンの棚も押し入れの中の引き出しも、とにかく開くところは全部開いていた。ダイニングテーブルのそばの床では、同居人の香奈子が座り込んで前の日に使っていた鞄を逆さにして中身をぶちまけ、USBメモリーを探していた。

出かける支度をしてしまったおれは、ドアのところから声を掛けた。

「あのー、おれは別に腹立ってるとか耐えられないとかじゃなくて、かなちゃんが時間を浪費してるのがもったいないから、もう少し、効率的になれるんじゃないかなって、思うんだけど」

「効率って？」

香奈子は、振り向きもせず別の鞄に手を突っ込みながら、愛想のない声で返した。

「いや、だから、一日に五分か十分、ちょこちょこっと片付けるだけで、そうやってせっかくの休みの日の朝に一時間以上、押し入れの中までひっくり返して、気持ち的にも焦って、夜は夜でこの散らかった部屋に帰ってきてうんざりすることもなくなるとしたら、そのほうがいいというか、かなちゃんにとって」

「うん」

視線をこっちに向けないまま、香奈子は冷蔵庫を開けた。

「さすがにそこにはないと思うよ」

おれの声は無視して、香奈子は冷凍庫も開けた。普段なら笑うところだが、そのときはそこで急に腹が立ってきた。本来、今日は竹橋(たけばし)の近代美術館に行こうと言っていたのに、香奈子が友人の結婚パーティーの日にちを間違えていたのが四日前に発覚し、それでおれは親しくもない西田さんの新居自慢会に行くことにしたのだった。

香奈子は乱暴に冷凍庫のドアを閉め、再び鞄の中を探り始めた。もう返事もしなかった。

「怒ってんの?」

できるだけ穏やかに言ったつもりだった。

「怒ってない。落ち込んでるだけ」

香奈子の目には、涙がにじんでいた。この人は、かなしいときではなく悔しいときに泣く。三つ年上のはずなのに小学生みたいだ。こんな人が仕事ではソーシャルネットワークサービスの最先端の開発に携わっておれよりよっぽど稼いでいるなんて、嘘なんじゃないかとときどき思う。でも、駅近広めの2LDKに住めるのも、香奈子のおかげ。仕事先で知り合ったころは、いつもダークグレーのスーツに白いシャツできちんとした人という印象だったのだが、めんどうだから制服みたいに同じ格好をしているだけだったということを、いっしょに住んでから知った。

「おれも手伝うから、もうちょっと片付けるようにしようよ。かなちゃんは頭いいから、自分がなにが苦手でどうしたらいいかわかると思うし」

「子どものときから何回も何回も何回もなんとかしようとしてきたけどどうにもならないんだって。そんな簡単に解決するようなことだったらとっくにできてる。あー、もう、とりあえず今は黙ってて。自分こそ出かける時間なんじゃないの？」

「おれのせいかよ」

とうとう言い捨てて、おれは振り返らずに玄関を出てきた。


白くてすっきりして床のほとんどの部分が見える部屋を見回す。こういう部屋ならルンバも役に立つんだろうな。と思ったら、テレビ台の下の隙間にルンバの縁が見えた。

上原さんは、初めて来た家なのに慣れた様子でさっさとキッチンに立ち、西田さんに聞きながらすでににんじんやブロッコリーを切り始めていた。

西田さんは、テーブルでゆっくりコーヒーをすすっている小金沢さんをじっと見てから、言った。

「小金沢さんはねえ、うん、いいよ、そこでゆっくりしてて」

「はあ」

椅子から立ち上がろうというそぶりも見せない小金沢さんは、確かにあまり役立ちそうになかった。

「えー、っと」

西田さんがおれを見た。

「なんでもしますよ」

「じゃ、これ」

差し出されたのは小さめの大根丸ごと一本とおろし金とボウルだった。ダイニングテーブルでおろし始めたが、大根の太さが中途半端で握りにくいうえ、冷蔵庫から出したばかりだったので冷たくて手が痛くなったが、言い出せずにいた。

アイランド型のキッチンに並ぶ上原さんと西田さんは、野菜を切ったりゆでたり肉を解凍したりすることと、しゃべることを両立させていた。

「西田さんのだんなさんって、だいぶ年上でしたよねえ。年離れてると余裕あっていいですか？」

「どうだろうね。男の人って、ある程度の年からは中身はずっと変わらない気がする。妙にまじめっていうか口うるさいところなんかは、年上だから指図したいってとこもあるのかなと思うけど」

西田さんは、まあ〝美人〟という枠に入れていいだろう。全体にすらっとしているし、衿(えり)の高い白シャツにグレーのニット、細いパンツ。化粧もぬかりない。

「たとえば、ごみの分別とかすっごい細かいの。あんなの、どうせごみ処理場じゃ一緒くたにしちゃうって話じゃない？　いちいち細かくやってたら、日が暮れちゃうし」

「うふふっ」

小金沢さんが急に笑ったので、驚いた。反応する箇所がよくわからない。そして、そのあとなにか言うわけでもない。出されたチョコレートとコーヒーをひたすら交互に口にしているだけだ。

上原さんは気にせず、西田さんに話しかけ続けた。

「家事はやってくれます?」

「自分が好きなところはね。洗濯物は干すのは好きだけど畳むのは死ぬほど嫌いなんだって」

「あ、でもわかります、それ。わたしも畳むのはすごくおっくうで」

うちの同居人は干すのも畳むのも苦手で、洗濯物の山から服を引っぱりだして着ている。唯一得意なのは、食器洗い機に実にぴったりパズルのように食器を大量に並べ入れること。あれは感心する。しかし、乾いた食器を棚に戻すのはおれの役目だ。

「小金沢さんのとこもかなり年上だよね。だんなさんからしたら、きっと小金沢さんみたいなほんわーか、ほんわーかした子ってかわいいんだろうね」

ほんわーか、と伸ばした部分に、他意を感じて、おれは上原さんの表情をちらっとうかがうが、明るい笑顔だった。

「まあ、あはー」

小金沢さんの顔からは、さらになにも読み取れない。

「社長なんですよー、小金沢さんのだんなさんって。新居は庭付き5LDK」

社長といっても地元中心の建設会社の三代目らしいが、それを説明したのも全部上原さんで、小金沢さんはやっぱり曖昧な相槌でほほえむだけで、西田さんは対抗意識が湧いたのか夫の仕事がどれだけ忙しいかという話を始めた。今日も、上海出張が延びたせいで夜にならないと帰ってこられないらしい。

三人のちょうど真ん中に位置していたおれは、悪い気流に囲まれているように思えてきた。

「西田さん」

声を上げたものの、次になにを言っていいか一瞬わからなくなったが、部屋をさっと見回したら思いついた。

「これ、窓際でやってもいいですか？　景色見たいなーっていうか」

「子どもみたいね、野々宮くんって」

高いところ好きなんすよ、とおれははしゃいだ調子で言って、立ち上がった。

「ソファ汚さないでね」

おれは窓際のソファの肘掛け部分に腰を乗せると、与えられたタオルを膝の上に広げ、大根おろしセットを置いた。

ロールスクリーンが巻き上げられた大きな窓からは、隣の棟がよく見えた。どのくらい距離があるのか、建物が大きすぎるせいで感覚が狂って、計れない。ここよりも少し下の階がよく見え、そのうちの一つ、ここと同じ角の部分いっぱいに設けられた窓のそばに、人影が見えた。髪の長い女で、窓にくっついて下を眺めているみたいだった。白いセーターを着ているのまで、くっきりと見える。窓枠に手をつき、じっとしている。秋の日差しは部屋の中まで差し込んで、窓枠の影が床に映っていた。なにを見ているのか、もしかしたら、おれと同じようにこちら側の棟の何階か下の部屋を眺めているのかも。ということはおれも上から見られているのか、と視線を上昇させてみた。しかし、自分の位置よりも高い場所にある五階分の窓は光が反射して、内側の様子はまったくわからない。

「いてっ」

小指の外側に痛みを感じて、おれは思わず声を上げた。大根は思ったよりもすり減っていた。

「えー、手もおろしたんじゃないの？　そんなの食べたくないんですけど」

西田さんがおれを睨む。

「血は出てないっす。ちゃんと手ぇ洗いますよ」

立っていって、広いシンクに勢いよく水を流すと、水音が大きく響いた。小金沢さんは、ただぼんやりと同じ場所に座っていた。

再び窓際に戻り、残り三分の一になった大根をひたすらおろし金にこすりつけた。隣の棟の、さっきの部屋に目をやると、女の姿は見えなくなっていた。代わりに、その隣のベランダ部分に、小学生ぐらいの女の子が座り込んでいるのに気づいた。ガラス張りのベランダの仕切りに頭をくっつけて、さっきの女と同じように下を覗いていた。娘に違いない。白い紙を手に持って、スケッチでもしているように見える。こんな空中みたいな場所で育つのって楽しいかな、とおれは思った。でもきっと、住んでしまえば普通になる。この場所が高いという感覚もなくなって、あの子にとっては、単なる「家」に過ぎない。コンシェルジュもエスカレーターも、テレビぐらいに普通のもの。

そのとき、女の子の手から白い紙が離れたと思うと、あっというまに空中へ舞い上がり、途方もなく広い空間を漂い始めた。女の子のうしろから、さっき窓際にいた女と、更にその母親らしき年配の女が出てきて、三人で飛んでいく白い紙を眺めていた。二棟のあいだを吹き抜ける風に、不規則に翻弄されながら、どんどん離れていく頼りない紙を、おれは三世代の彼女らと共に見送った。

ふと、このマンションには女しかいないのではないか、という思いつきが頭をよぎった。そんなくだらないことが浮かんだのには理由があった。中学の同級生にすごく変わった、だけど絵だけは天才的にうまい男子がいたのだが、そいつがある日無断欠席したうえに連絡が取れずにちょっとした騒ぎになったことがあった。翌日、学校に来たそいつは、登校途中に周りを見たら女子しかいなかったので今日はもしかして女子だけが登校する日だったのに自分が間違えて来てしまったのではないかと恥ずかしくなって逃げた、と言った。先生は、もっとまともな言い訳を考えろ、と言ったし、クラスの他のやつは、あいつはばかだ、わけがわからないと笑ったが、おれは妙にその戸惑いというか動揺というか、自分だけが間違えて別の世界に入り込んでしまったみたいな感覚に共感してしまって、おれもそんな瞬間を体験したいと思った。しかし、卒業するまで通学路で周りに女子しかいない、という状況はついに訪れなかった。一度も、一瞬も。

　それにしてもこんなに、数え切れないほどびっしりと縦横に並ぶ窓の、一つにしか人の姿が見えないって、どういうことなのか。ちょっとした町くらいの数の家があるはずなのに。

　おれは、おろし終えた大根のボウルとおろし金をキッチンに持って行き、手を洗って、ティッシュをもらって鼻をかみ、捨てようとしたらごみ箱が見当たらなかった。

「ああ、そっち。右から、燃える、燃えない、缶瓶、ね」

　西田さんが指差したものは、木目の扉付きの棚にしか見えなかったが、斜めに開く方式のごみ箱になっていた。開くと、燃えるごみのはずのその袋の中には、雑誌が二冊、突っ込んであった。それからアルミ箔の塊も。念のために、他のところも開けてみたが、確かに燃えない、缶瓶、だと思われた。「ごみ分別一覧」の縮小コピーが、壁にピンで留めてある。雑誌は「資源ごみ」、アルミ箔は「燃えないごみ」。

　同居人が窓付き封筒の窓部分のフィルムや手帳の金具部分を一つ一つ剝がす姿が、思い出された。香奈子は、片付けるのは苦手なくせに、決められたことは守らないと気が済まない。自分が捨てたものが間違った場所に行き着くことを想像したらいたたまれない、と言う。おれが適当に捨てると怒るので、部屋の一画に未処理の紙類が山積みになっている。片付けられないくせにそんな細部には必死になる。

なんでこの人とつき合ってるんだろ、とはしょっちゅう思う。しかし、かわいく見えた瞬間があったのであり、今もときどきあるし、誰かといっしょにいる理由なんて自分にだってわからないことなのかもしれない。

おれは、雑誌とアルミ箔のあいだに丸めたティッシュを突っ込み、扉を閉めた。

ぽろろーん、と軽やかな呼び出し音が鳴った。西田さんの同期だという元同僚がマンゴータルトを持ってやってきた。

それからは、続々と人が訪ねてきた。西田さんの今の仕事の関係者、学生時代からの友人、夫の会社の人等々、合計九人。ようやく、男も二人現れた。友人の夫と、料理教室の講師を務めているというイタリアンのシェフ。友人の夫は禿げていたが、料理教室の講師のほうは場違いなほどの美形だった。ぎこちなかった部屋の空気が、急に華やかになった。

大きなテーブルを十三人で囲んだ。大根おろしは焼き魚には随分多いなと思っていたが、鶏肉といっしょに煮込まれていた。九州から取り寄せた地鶏で、おいしかった。グラムいくらの神戸牛というのは上原さんの勘違いだったのか出てこなかったが、料理はどれもうまかった。

西田さんが、友人たちに野菜の解説をする。

「一度この農園のを体験したら他のが食べられなくなって」

「わかるー、わたしも妊娠してからオーガニックじゃないと体が受け付けないって感じ」

友人たちは、テーブルに並ぶ「お取り寄せ食材」や自分が最近食べたものを、挙げ合い、褒め合った。天然酵母、限定生産、なんとか農法、それから、環境保護や免疫力なんていう単語も聞こえてきた。

おれは、へーとかはーとか、まるで小金沢さんみたいな感情のない相槌を挟みつつ、ひたすら食った。長野の農場のチーズ、京都の豆腐、スペインの生ハム、鎌倉のレストランのソーセージ、〝オーガニック〟な野菜たち。

西田さんは、おれがかじっているにんじんを、期待を込めた目で凝視して、聞いた。

「すっごい甘いでしょ、ね」

「うん、甘ーい」

おれより先に、隣の女が言った。野菜が甘いのは、すごく価値があることらしい。

「ですよねー」

マンゴータルトも食べ終わり、女の人たちの会話はさらに盛り上がり、聞き上手らしい男前シェフは、ほどよく控えめにうんちくを披露した。

おれと、名前は聞いたけど忘れた誰かの夫である禿げかけのおっさんは、テーブルから離れて、窓際のほうに所在なく移動していた。空は相変わらず雲一つなく青色で、真下の道路にはミニチュアのような自動車が走っていた。

おれは、おっさんに話しかけてみた。

「見飽きませんね、三十一階って」

「ウチ、三十五階ですから」

ビオワインのグラス片手に、禿げかけのおっさんは言った。

「天気が、いまいちわからないんですよね。人が傘差してるかどうか、よく見えなくて」

照れたように笑うおっさんを、いい人かもしれないと思った。

「空には近いのに」

おれはまた空を見上げた。遠くで指先ほどの大きさの飛行機が、滑るように音もなく直進していた。

「三十階程度は、空から見たら誤差の範囲ですよ。百五十メートルなんて〝山〟とも呼べないでしょう」

おっさんは、窓の外を指差したが、それがどこを指しているのかわからなかった。

「確かに」

そう考えると人間のやることはたいしたことないな。スカイツリーでも高尾山よりちょっと高い程度だ。

烏龍茶をもらおうと冷蔵庫のところへ行くと、キッチンでは料理教室の講師兼イタリアンシェフの男前が、持参してきたスペシャルデザートを用意しているところだった。トリュフですか、と話しかけようとしたら、人影がさっとあいだに割って入った。

小金沢さんだった。手には重ねた小皿を持ち、シェフがデザートを並べるのを手伝うそぶりを見せながら、彼女は言った。

「福山雅治に似てるって言われないですか?」

こんな声だったのか、というのがまずおれが思ったことだった。はっきりした、だけど甘ったるい声。男前シェフは言われ慣れている様子で、ははは、と受け流した。小金沢さんは、小皿をぐいっと差し出しつつ、シェフの顔を覗き込むようにして、さらに続けた。

「二子玉川でお店もやってらっしゃるんですよね。わたしの実家がすぐ近くなんですよー」

おれは、驚くよりどちらかというと怖くなって、無言でキッチンから離れた。

窓際のソファで烏龍茶を飲みかけたら、上原さんがやってきて隣に座った。コーヒーのカップを肘掛けに置き、その視線はキッチンの小金沢さんのほうに向けたまま、言った。

「選択と集中ってやつだね。無駄を切り捨てることが、収入増につながる」

前からわかってたのか、と上原さんの冷めた視線を見て思う。

「なるほどー」

おれは「無駄」に分類されてたってことか。お互い様だけど。

そこでふと思い当たった。そもそも、なんで小金沢さんが呼ばれてるんだろ。上原さんと西田さんは出身大学も同じで前から仲が良かったが、小金沢さんは、なんで、ここにいるんだ？

おれは、上原さんを、ちょっと警戒しながら見つめた。コーヒーを飲み干し、上原さんはにやっと笑った。

「女の争い的なこと、期待してるんでしょ？　男って、女は陰で悪口言って妬み合ってるって構図が好きなんだよね。大奥的な世界が」

「いえ、別に」

「安心するでしょ」

「おれがですか？」

「自分は違うって顔で、観察してるから」

「そんなことないですよ」

と、おれは言ったが、だいたい当たっていた。

「わたしは、世の中いろんな人がいるんだな、って思うだけ」

そう、もしかしたら、おれがなにもわかっていないだけかもしれないな。

「ですよねー」

　おれは言い、窓の外を振り返った。

　隣の棟は、変わらない距離でそこにあった。びっしりと並ぶガラス窓に傾き始めた日差しが反射して、発火しそうなくらいに強く光っていた。


　渋谷で電車を乗り換える直前、思い直して改札を出た。このまま帰ってもまだ同居人は戻っていないだろうし、そうしたらおれが片付けてしまうだろうし、これで日曜が終わってないし、とりあえず人がうじゃうじゃいるスクランブル交差点を、点滅する街頭ビジョンの光にさらされながら渡った。電車に二十分ほど乗っていただけなのに、そのあいだに日が暮れてしまったせいもあって、さっきまでいた三十一階の部屋を、夢の中みたいに遠く感じた。

　ロフトと東急ハンズに行ってみたが自分ではほしいものがたいして思いつかず、部屋を片付けるための棚や引き出しや整理グッズを眺めたが、香奈子がどういう形態のものなら使いこなせるのかもわからず、結局なにも買わないまま坂道を下った。それでもなにも買わないのが癪なのでユニクロに入って、必要だったわけでもない靴下を四足も買って出てきてしまい、余計にむなしい気分になった。

　渋滞している道玄坂の向こう側に、ラーメン屋の看板が見えた。横断歩道を渡ってみると、ちょっと来ないあいだにラーメン屋があっちにもこっちにも増殖していて、讃岐うどん屋もあった。西田さんちで散々食べてきたのだが、なんだか満足感がなかったので、そうか、ラーメンだ、ラーメンでこの週末は終われる、という気分になり、やたらと派手な看板に載っている写真を見比べて、チャーシューがいちばん大きそうな店に入った。

入り口脇の自動券売機で、「味噌とんこつ味付玉子のせ」という濃そうなメニューのボタンを押し、カウンターの角の席に座った。店員の男たちは皆、店のロゴとポリシーが毛筆っぽい白字で書かれた黒いTシャツを着ており、最近のラーメン屋ってみんなこんな格好だよな、と思いながら、水を一気に飲んで注ぎ足した。

昼間は暑いくらいだったせいか、入り口のドアは開けっ放しになっていて、外を行き交う人の姿がよく見えた。メニュー片手に居酒屋の呼び込みをする男、高すぎるヒールの靴を履いたギャル、すでに酔っ払っているおっさん。近くの焼き鳥屋の煙が、通りの全体を白っぽく明るく霞ませていた。

二十歳くらいの、カップルが入ってきた。二人ともパンダと熊のキャラクターの絵が描かれた紙袋を持っている。女のほうはそこそこかわいい顔で、妙に胸元が開いたフリル付きのブラウスを着ていた。ごく平均的な大学生という感じのチェックのシャツを着た男が、券売機の前で女にいちいちメニューを説明し、散々迷ってから食券を買って、おれの右側斜め前の席に並んで座った。

「わたし、メンマが好き」

「おれも」

「あとねえ、ラーメンに入ってる海苔」

「おれも」

「ほんとにぃ？　いっしょすぎて怖いねっ」

と、どうでもいい会話を延々とし始めた。

店内では、有線チャンネルなのか、なぜか不似合いな六十年代ロックが流れていて、ジミ・ヘンドリクスの「フォクシー・レディ」が終わって、ビートルズの「ヒア・ゼア・アンド・エブリウエア」に変わった。

「おはようございます、お疲れ様っす」

やたらと威勢のいい声が響き、店員と同じTシャツにパーカを羽織った若い男が入ってきた。

「七時からヘルプの山本です。よろしくお願いします」

おれのすぐ後ろに立っていた店員と、カウンターの中でどんぶりを並べていた男が困惑気味に顔を見合わせて、なにかもぞもぞ言った。そのあと、後ろにいた店員のほうがヘルプの山本くんを奥に連れて行った。そして、一人だけ戻ってきた。

元からいた店員たちは、

「聞いてる？」

「池袋店かららしいっすけど」

「正直今日は人数余ってんだけど」

「あー、もしあれだったら、おれ、上がりましょうか？　今月、結構入ってるし……」

「いや、ちょっと本部に確認してみるから」

と、カウンター越しに話し合いはじめた。皆、いろんな事情がある。働くって、厄介なことだ、とおれは思い、そんな彼らが作って差し出してくれた味噌とんこつ味付玉子のせを、最初はスープをすすって、次に麺を食べた。思ったよりあっさりめで、なにが混ざったのかわからないダシの味が利いていた。チャーシューは脂身が多かった。

新しい客が入ってきた。おれの左側に、四十歳ぐらいに見えるその女が座った。背が高く、髪が腰まである暗い雰囲気の女は、店員に食券を差し出すと、鞄からクリアファイルを出して、熱心に読み始めた。チャーシューをかじりながら、盗み見すると、こう書いてあった。

「臨死体験手引き書　インストラクターの指導のもと、センター内で行って下さい。降霊は別途セミナーを開催します」

女の表情を確かめようとしたが、長い髪に隠れて見えなかった。なんとなく店内を見回すと、入り口の敷居をかなり大きめの黒い虫が入ってくるところだった。一瞬ひるんだが、漆黒にてかてか光るその楕円形は、敷居伝いに移動したあと、券売機の下へ潜っていった。そこと自分とのあいだには萌え系カップルがいるので、まあだいじょうぶかと思い、半熟の味付玉子を口に放り込んだ。

店のBGMが、デヴィッド・ボウイの「ヒーローズ」に変わった。高校でギターを教えてくれた同級生が好きな曲で、無理矢理練習させられたことがあるから、出だしの音を聞いただけで曲の全体が一気に頭の中によみがえった。店の奥から、着替え終わったヘルプの山本くんが出てきて、人の良さそうな笑顔で店内を片付け始めた。他の店員はまだ困惑気味に顔を見合わせてから、指示を出した。

おれたちはヒーローになれる、と歌い上げるデヴィッド・ボウイの艶めかしい声を聞きながら、すげーな、と思った。

バカみたいに大量の人がいる渋谷で、その片隅のラーメン屋で、右側では絶賛舞い上がり中のカップルがどう見ても同じ味付玉子を交換し合い、左側では臨死体験をしようとしている女がチャーシュー丼を食い、歓迎されない店員が一生懸命働き、通りからごきぶりが入ってきて、デヴィッド・ボウイは最高だ。

おれは、この世界で生きてる、と思った。いろんな人が勝手にいろんなことをやって、地球は勝手に回転して夜が来て、今日が終わっていく。この世界に、そのばらばらのものたちと同時に存在している。

雲の上から見たら、地上の全体がパーティー会場みたいに見えるかもしれない。一つの場所に集まってるけど、みんなてんでに勝手なことを考えてる。おれもその中の、一つの点だ。なんかおもしろかった。

そして、すでに満腹すぎて気持ち悪くなりながらも味噌とんこつスープに浮かぶ麵をすすり上げ、香奈子が帰ってきたら、部屋も片付いて金持ちとも結婚できる方法を教えてやろう、と考えていた。

自分以外のことは、自分とは関係がないと思うこと。

ここからは遠い場所

わたしは、足を見ている。

知らない女の人の足で、わたしの目の前にある。長い上りのエスカレーターで、三段先にその女の人が乗っているから、ちょうど顔の前に、ストッキングに包まれたふくらはぎと、黒革の特徴のないパンプスのかかとが、並んでいる。

グレーのタイトスカートの薄暗い内側から太ももの下のほうが現れて、膝の裏はぴったり揃えられている。ぽっちゃりめだけど、まっすぐだからバランスがいい。ふくらはぎの盛り上がっているところに沿って、ストッキングが白っぽく光っている。パンプスのヒールは、太さは中くらい、七センチか八センチ。磨り減っていなくて、ちゃんと艶も保っている。

「普通」、という単語が頭に浮かぶ。どのアイテムをとってもごくごくオーソドックスだ。読んでいる小説に何の形容もなく「女」と書いてあったら、こういう人、というか組み合わせを、思い浮かべるかもしれない。

普通の、女の、人。

こうして、知らない女の人の足を真後ろからじろじろと眺めるなんていう状態になってしまっているのは、昨日、あの子が突然声をかけてきたからだ。

知らない、あの子。

あの子の顔が、また思い浮かぶ。顔と、足と。

「河野真澄さん。わたしのこと、覚えてないでしょう」

昨日、休憩室で何の前触れもなく声をかけられた。狭い休憩スペースの、テーブルの端でしゃけおにぎりをかじっていたわたしの前に、いつのまにか立っていた。

「あの、えーっと」

確かに、見覚えのない顔だった。お手本のように、過不足なく整ったメイク。衿を立てた白いシャツ。黒のタイトスカートから伸びる足はすらりと細くきれいな形で、八センチはあるピンヒールの黒いパンプスをはいていた。

「覚えてないでしょう。それでいいの」

意味ありげにほほえんで、あの子は出ていった。わたしの勤める店と同じ三階の奥にあるネイルサロンの制服、と思い出したが、その子のことは、何度考えても思い出せない。

週末は、客が途切れることがない。

ぐしゃぐしゃっと丸められた洋服を、たたんで棚に戻す。たたんで、たたんで、その数分のあいだに、さっきたたんだTシャツがまた違う場所に突っ込まれているから、それを広げてたたむ。

しゃがんで、色違いのTシャツとぴったり端を揃えて置き直すと、斜め上から声がかかる。

「トレッキングなんだけどぉ、これぐらいでいいのかなぁ?」

「あっ、はい」

サーモンピンク色の、ゴアテックス素材のウインドブレーカーを体に当てて、学生っぽい顔つきの女の子が立っていた。そのうしろに、似たような背格好の女の子がさらに二人。全員、シャーベットカラーのショートパンツから白い足が伸びている。お揃いって話し合って決めるの?と聞きたくなるほど似た格好の子たちって、わりといる。

「そうですね、今の季節だったら……」

と、わたしは別のタイプのウインドブレーカーも取り上げて並べる。こちらのほうが通気性はよくて、こちらは防水で多少の雨は全然平気ですから、と解説する。山は天候が変わりやすいので、などとすらすら口から出てくるが、わたしは山に登らない。山登りとマラソンが、今までに経験した行事の中でいちばん苦手なことだ。なんでわざわざ疲れに行くのか、気が知れない。

うちの店は、アウトドア系の服と雑貨を売っていて、最近の「山ガール」とかいう流行に乗っかって売り上げは伸びているけど、わたしは山には行かないし、野外フェスの類も一度だけ行って熱が出たのでもう二度と行かないと決めた。海にも行かない。飽きっぽくてなにも続かないけど、最近の趣味は、刺繍。駅の反対側にできた大型手芸店でキットを見つけてこの三か月ぐらいやっている。完成しても使い道がないことが問題だ。

野外活動はしないけど、ここの服は好きだ。だから、いい仕事を見つけたと思う。そろそろ丸二年になる。

「どうぞ、試着してみてください。サイズは、Sでちょうどだと思いますよ」

奥の鏡の前に、女の子を誘導する。友人たちは、すごい似合うよ、かわいいよー、いい感じー、と無責任なコメントを繰り返し、本人は、どうしようかな？　ほんとに似合う？　かわいいよね？　とどちらもピンク系のウインドブレーカーを交互に羽織り、迷い続けた。

フレアのショートパンツから伸びる生足は細くて、それを強調するように華奢で高いヒールのサンダルをはいていた。つやつやしたピンクのエナメル素材。よっぽどピンクが好きなんだろう。

彼女たちの足と、薄い生地のカットソーを見て、今日は暑いのかー、と思う。

駅ビルの三階のエスカレーター横にあるこの店舗に一日中いると、今日が暑いのか寒いのか、全然わからない。外はまったく見えないから天気もわからないし、室温は一年中同じ。開店から閉店まで同じ明るさのライトに照らされて、昼か夜かさえわからない。

五月なのに、向かいの店舗のスタッフたちはすでに真夏のリゾート地にいるような服を着ている。薄い生地の色とりどりの花柄がひらひら揺れるのが、視界の隅でちらつく。

ピンク好きの子は、さらに別のレインジャケットも試着して、結局、

「やっぱりやめるぅ」

とあっさり出ていった。わたしは、服を整えてラックに戻し、Tシャツをたたんで回り、別のお客さんが希望したサイズを探し、レジに入った。

大きな鏡の前で、服を合わせるお客さんの隣に並ぶたび、自分の姿も否応なく目に入る。骨太で、全体に四角い体型。Tシャツにグレーのパーカ。膝丈のカーゴパンツの下にワッフル地のスパッツ、がっちりしたトレッキングシューズ……（ちょっと暑苦しかったか？）。

外見だけだと、休日のたびに野外に出かける活動的なタイプに思われそうだ。店の決まりで最低限の化粧はしているのと髪が肩につくぐらいの長さなのが、かろうじて「女子っぽい」ところかもしれない。

お客さんのほうは、いろんなタイプがいる。ギャル系は少ないけど、わたしと同じく普段から動きやすそうな服の子もいれば、パステルカラーのひらひらしたスカートの子も、生成り色コーディネートの有機野菜ばっかり食べてそうなタイプも、それから洋服に関心があるとは思えないぼさっとした地味な子も。五十代、六十代の、うちの母親くらいの人も日に何人かは来る。

他の洋服のショップに比べると実用的なものも売っているから、客層がばらけるんだろう。働いている側としては、このほうがおもしろい。一日中ここに立って、同じ景色

を見続けないといけないから、人ぐらいは変化があってほしい。

「いらっしゃいませぇー、こんにちはぁー」

張り上げられた声のほうを見ると、エスカレーターの前にあるショップの店員がセール品をアピールしていた。さっきの学生の子たちみたいに、フレアでウエストにリボンがついたショートパンツ。あれが今年の流行の形かー、と人ごとみたいに思う。ほんとに人ごと。わたし自身はもちろん着ないし、うちの店にはああいうぴらぴらしたのは置いてない。リゾートスタイル店員のショートパンツの下の足は、その長さをさらに強調するように底が十五センチくらいありそうなウェッジサンダルをはいている。転んだりしないのが、不思議。甲高い声がまた響く。あっちの店、こっちの店から別々の音楽が鳴り、誰のか区別のつかないたくさんの話し声、歩く音、空調の排気、そういうのがなにもかもごっちゃになって、フロア中を埋め尽くしている。

リュックサックを買ったお客さんの応対で、レジに入る。先に、店長が別のお客さんの買った帽子とベストを、袋に入れているところだった。

店長は、来週二十九歳の誕生日で、他のスタッフの子たちと相談してサプライズでプレゼントを渡すことになっている。店長は山には登らないけど、出勤前にランニングをしているらしい。もしわたしが朝から走ったら、眠くて仕事なんてできない。

「店長は、ちゃんとした服も着ますよねえ」

「ちゃんとした、って？」

「スーツとか、こぎれいなワンピースとか。パンプスもはくし」

「そうね。大人だからね。河野ちゃんはいつもそういうカッコだね」

「そうなんですよー。スカートも、かかとの高い靴も苦手で。特に、ストッキングがとにかくもうダメなんです。はいてると、一日中気持ち悪いっていうか、自分じゃない感じがするっていうか。前の会社辞めたとき、あー、これでもうストッキングはかなくていいんだって、すごい解放感でした」

「河野ちゃん、タイツははいてるじゃない。どう違うの」

これはわたしの頭の中でだけの会話。店長は愛想のいい声で、お客さんを送り出す。今日はほんとうに忙しくて、他のスタッフと話す余裕など全然ない。狭い店で、店長と今日はあと二人いる同僚と何度もすれ違うけど、必要最低限の受け答えをするだけで精一杯だ。

忙しいとき、なぜか、わたしの頭は別のことを考えはじめる。たたんで、戻して、お客さんに受け答えして。だんだん機械みたいに手と口が勝手に動くようになって、その分、ふっと関係ないことを思い出したりしている。それが続くと、心だけ遠くにふわふわ漂っていって、たまに、サイズを間違えたりするから、気をつけないといけないのだけど。

また誰かが入ってきて、誰かが出ていく。買われるのを待ち構えているTシャツやワンピースやサンダルや鞄(かばん)に囲まれた通路を、数え切れないほどの人が通り過ぎる。人、人、人。あ、今の知ってる人だったかも、と目で追うと、たいていはそんなに似てもない別人だ。ごくごくまれに、ほんとうに友だちのこともある。先週水曜日も、大学の同級生だった子がやってきて、仕事を辞めて暇なんだと言っていた。結婚するかもしれない、とも言った。わざわざ報告しに来てくれたのか、とあとになって気がついた。二十六歳で結婚とは意外に早い。もっと先かと思っていた、というか、単に自分に実感がないからそう感じるだけなのか。

たたみかけたシャツを、広げてみる。やっぱりこのマドラスチェックのも買おうかな。というか、今週はこれをあと何枚売るのが目標だったっけ。

何時だろう。今日も短い休憩時間が、もうそろそろ回ってくるはず。また昨日のあの子がいるだろうか。また話しかけられたら、なんて返せばいいんだろう。

一晩考えたけど、全然覚えていません。って?

わたしと年が変わらなそうなカップルが入ってきて、同じシリーズのリュックとトートバッグを色違いで買おうかと相談しはじめた。男の子のほうは顔も腕も日焼けしていて休みの日は自転車乗ったり釣りにでも行ったりしてそうな雰囲気で、女の子のほうは色白で華奢で茶色の長い髪がふんわり背中にかかっていて水色のワンピースで、「お似合い」という感じだった。平べったいバレエシューズが金色なのも、かわいらしい。

わたしもこんなふうだったら、と、色違いの在庫の確認をしながら、つい想像する。よくわからないけど「ひなこ」とか「なずな」みたいな響きの名前で、軽やかな声でよく笑って、チワワかトイプードル飼ってて、お菓子とか手作りしそうで……。自分と違いすぎて、浅いイメージしかわかないが、とにかく、こんなふうな見た目に生まれていたら毎日の生活ってどんな気分だろう、ってときどき考える。違う人生だったかな。

リュックとトートが入った紙袋を持って、店の端までカップルにつきそう。愛想のいい人たちだ。軽くお辞儀をしたら、女の子のバレエシューズと足首が目に入った。ああいう靴も、幅広の足、ずんぐりした足首のわたしには似合わない。

昨日から、人の足ばかり見てしまう。

休憩室で声を掛けてきた、あの子のせいだ。

足のきれいな、全身「女」っていう感じの、あの子。

服をたたむわたしのすぐうしろで、店長は、馴染みのお客さんがトレッキングシューズをあれこれ試すのを手伝っていた。お客さんがようやくサイズを決めると、店長はわたしのほうを振り返った。目が合った。

「あの、店長。性別で分類すると二つしかないから、男じゃないわたしは『女』でひとくくりになるわけですけど、人によって全然違うじゃないですか。見た目ってことだけじゃなくて、生活習慣というか、行動の選択、基準っていうか。まあ、持って生まれた顔とか体型である程度行動も決まっちゃいますけどね。でも、ヒールのある靴をはくかはかないか、スカートはく人とはかない人、爪を塗る人と塗らない人、けっこう分かれますよね。わたしは爪が長いと気になるからすぐ切っちゃうのもあるけどなによりそこに五千円とか、一万円とかお金払う気持ちがまったくわからないんですよね。人のを見るときれいだなって思うんですけど。えーっと、あとは百貨店の化粧品カウンターに行く人と行かない人。あそこに座るのって結構勇気いりません？　え、いらないかな？　わたし怖くて行ったことなくて。でも、スカートで髪が長い人が必ずネイルをやっているわけでもないし、ピンヒールで色気のある人がいつも彼氏がいるわけでもないし、実はそんなにタイプで分けられないっていうか、人それぞれだと思うんです。……なにが言いたいかっていうと、えー、あのですね、とにかく、あの子、休憩室で話しかけてきたネイルサロンの子、わたしと全部の要素が逆だなって思って」

「ふーん」

「ああいう感じの子、まず友だちにならないし、身近にいた覚えが全然ないんですよね。同じクラスで、ほとんど交流がなかったとか、それくらいならいたかもしれないけど」

「じゃあ、そうなんじゃない？　中学か高校か大学のどこかでいっしょで、忘れてるってだけで」

「でもですね、向こうが、覚えてないでしょ？　って言うんですよ。おかしくないですか？」

これも、わたしの頭の中での会話。先週スタッフの一人が休んで代わりに出勤したので、今日で二週間連続勤務になってしまった。しかも昨日の土曜日は夏物の追加分が届いて、わたしは二時間残業した。店長もきっと疲れている。

わたしはレジのほうをちらっと見る。馴染みのお客さんにカタログなど渡している店長は、接客に過不足ない笑顔と明瞭な声で、少しも疲労なんて感じさせない。さすが店長だ。ランニングの成果か。

休憩時間は、今日も三十分だけ。ロッカーに囲まれて長机とパイプ椅子が置かれた細長い場所はすでに他の店のスタッフたちが占領していて、入り口の脇に置かれた丸椅子しか空いていなかった。今朝コンビニで買ってきたパンをもそもそかじっていたら、来た。

「河野さん」

目の前に立っているのは、やっぱりネイルサロンのあの子だった。額の左からタイトに分けた髪は、後頭部で巻き貝みたいにまとめられていた。この髪型、わたしはできない。髪が丈夫すぎて、留めたピンが弾け飛んでしまうのだ。

こちらを見下ろす彼女の顔は、隙のないメイクで、わたしより年上に見える。いや、世間一般の基準では、わたしのほうが子供っぽいだけだろう。たぶん、同じ二十代半ばぐらい。だって、肌がきれいだ。彼女は、ピンクベージュに塗られた薄い唇で軽くほほえんで言った。

「全然変わらないよねえ。一目ですぐわかっちゃった」

なんとなく、棘のある言い方。

「はあ」

しかたなく、わたしは中途半端な返事を返す。彼女は、桜色と白で塗り分けた爪がきれいな指で、全然乱れていない髪を直しながら、もったいぶった口調を続ける。

「ほんとはもっと前から気づいてたんだけど、声かけられても困るかなって」

「あの、ごめんなさい、どこでお会いしたのか、ちょっと思い出せなくて」

「覚えてなくていいの。声をかけてみたくなっただけだから」

お名前は、と聞けばいいのに、声に出せない。なぜか、こっちから聞いてしまったら負けみたいな、変な意地が湧いていた。

彼女は、窮屈なロッカー室をぐるりと見まわしてから、言った。

「わたし、ここの店、今日までだから」

「あ、そうなんですか」

ほかに返事のしようがない。わたしの視線は、また彼女の足に向いてしまう。それにしてもきれいな足だ。

ヒールの高い靴をはく人は、苦もなく歩けるのだろうか。こんな不安定な靴で、平気な顔をしていられるなんて。わたしの足は、カッパかアヒルみたいな形で、何度試みても、いろんなタイプやサイズの靴にしてみても、つま先は痛いし、かかとがぱかぱか脱げてしまう。

「辞めちゃうと、もう会うこともないかなと思って、やっぱりいちおう、話しておこうかなと。ほら、こっちだけが知ってるのもなんだか悪い気がして」

もう一度、その顔をじっと見る。思い出せないし、誰かに似ているとも思わない。

「わからないんですけど」

と言うと、彼女は、ふふっと、笑って、

「高校のときも、河野さんって、自由で楽しそうだなって思ってたのよね。今も、変わらなくてうらやましい。うそじゃないよ」

と言った。そして、じゃあね、と小さく手を振って出ていった。

高校？　少なくとも、うちの学校の生徒じゃないはず。

休憩から戻ると、ほんの数分だけお客さんが途切れた時間があって、同僚の江口さんに服をたたみながら少しだけ話しかけてみた。これは現実の会話。

「最近、ときどき思うんだけど」

江口さんは、いつもと同じ、ちょっと眠そうな目でわたしを見た。

「わたしって、もうずっとわたしのままなんだなあ」

「なにそれ？」

「子どものころは、大人になったら、ばりっとスーツ着こなしたりつるつるしたワンピース着たりすることもあると思ってたけど、今になってみるとそれって全然自分のじゃなくて、他の誰かが着るための服って感じなんだよね。わたしはわたし以外の人にはなれなくて、ああいう格好って、いつまで経ってもしそうにない」

わたしが視線で示した、向かいの店の店員を、江口さんも確かめた。

「着てみればいいじゃない。真澄ちゃん、フッーに似合うと思うけど」

江口さんは、わたしと同じで普段着もうちの店のを愛用している。同じく山登りには行かないが、遺跡の発掘調査に行くらしい。大学で歴史を勉強していたそうで、調査は一応アルバイトだけどボランティアみたいなもんだよ、と言っていた。

「歩きにくそう」

「おしゃれは勇気と我慢よ、ってピーコが言ってたよ」

と言いつつ、江口さんもおしゃれのために我慢なんてしなそうだった。

「そんな大変なものなのか」

「らしいよ」

中学生みたいな女の子たちが五人、ぞろぞろと入ってきた。

夕方、足のむくみも進行してきた。トレッキングシューズでもつらいのに、とまたわたしは足と靴のことを考える。他の人がどれくらいむくんだり痛かったりするのか、代わりに確かめることはできない。みんな痛いのかもしれないし、痛くない人もいるのかもしれない。

うちの母親より年上っぽいお客さんが、鏡の前でウインドブレーカーを合わせていた。

「ちょっと派手かしら」

午前中に、ピンク好きの女の子が試着したのと同じウインドブレーカーだった。

「いえいえ、お似合いですよ。お客さまくらいの年代の方も、結構買って行かれますよ」

「ここのはおしゃれで意外に機能もいいって、友人が言うから」

小柄で、顔の輪郭もパーツもまるい人だった。ウインドブレーカーを羽織ってみると、明るい雰囲気に、オレンジがかったピンクがよく合っていた。

「ご旅行ですか？」

「ええ。マウントレーニアとヨセミテ国立公園へハイキングに」

「えっ、すごいですね」

「毎年行くのが、唯一の楽しみで。以前はもっと本格的に登山だったんだけど、この数年は楽しちゃって気軽に歩く程度なの。来年は、またどこか、高い山にチャレンジを計画中なんだけど」

鏡の前で体をひねり、その人は横やうしろ姿を確認する。ジャケットにゆったりしたパンツなのではっきりはわからないが、確かに、うちの母みたいにたるんだ体型ではなさそうだ。

「素敵ですねえ。わたしなんて、ちょっと駅の階段走っただけでも息切れしちゃって」

「あら、その若さで？　見かけは、今さっき山から下りてきたみたいなのに」

ほんとうに驚いた、というふうにまるい目をさらにまるくする。

「よく言われます」

わたしはなんだか恥ずかしくなった。

「山はいいわよ」

ほほえむその人の心は、すでにアメリカ大陸の大自然に向いているように感じた。ピンクのウインドブレーカーはわたしも気に入っていたので、しっかり使ってもらえそうな人が買ってくれて、うれしかった。

店を出るとき、その人はもう一度言った。

「ほんとうに、おもしろいのよ」

ヨセミテとかだったら、わたしも行ってもいいなあ。どんなところか、具体的には知らないけど。コヨーテとかグリズリーベアとか、いるんだろうか。たぶん、行かないけど。

いいなあ、って言うだけ言って、結局行かない。

いつも、わたしは。

なにも変わらない。

変わろうとしない。

同じ強さの光の中で、時間だけが過ぎていった。エスカレーター前のショップの店員は、閉店間際だからかやけになって大声で「いらっしゃいませ」と「ありがとうございます」を言い続けていた。ふと、すぐ横のエスカレーターが一日中回り続けていたんだな、と気になりだした。いったい何周したんだろう。五百回？　千回？　もっと？

江口さんと並んで駅とは反対側にある従業員通用口を出たのは、午後十時前だった。ビルのあいだの濃紺の空に、とても小さな星が一つだけ見えた。江口さんは、ロッカー室からずっとあくびを繰り返していた。

「眠いー。昨日も終電だったんだよねえ。友だちが近くで飲み会やってたからちょっと顔出して。そしたら電車でね、前の座席に男二人女一人が座ってて、学生っぽくてどうも牛丼屋のバイト仲間らしいのね。でさ、店の内情っていうか、店長の文句言ってて、あいつキムチは三切れしか入れるなって自分で言ったくせに見栄えが悪いからもっと入れろって勝手に盛るわけ、あーわかる、まじうざいよね、みたいな。上が仕事できないやつだと下は結束固まるよね。あといつも来る困った客の話とか手にアブラのにおいがついてとれないとか。みんな大変なんだなあー、って、働くってそういう感じだよね」

江口さんの顔は、近くの看板の明るさでてかてか光っていて、わたしもこういう顔になっているんだろうと思う。早く家に辿(たど)り着いて顔を洗いたい。

「牛丼かあ。最近食べてないな」

「来週行っとく?」

わたしたちの働くビルをぐるっと回りこんで駅の正面へ出たところで、向こうから歩いてきた人に、目を留めた。

背の高いその男は、急ぎ足で、わたしたちが歩いてきた道を逆にたどっていった。

「どしたの?」

江口さんの声で、わたしは、歩道の真ん中で思わず立ち止まっている自分に気づいた。

「いや、あの人、わたしが高校のときに振られた人かも」

「えっ、ほんと? どれ、どの人?」

指差したが、彼の姿は人ごみに紛れてビルの陰に入ってしまった。

「見えなーい」

首を伸ばしている江口さんの隣で、わたしは彼が消えていったビルの角を見つめていた。いくつかの光景が、スライドショーみたいに頭の中に浮かびはじめる。高校の近くの駅。すぐ前のコンビニ。いっしょに帰っていたクラスの友だち。

「あー！　もしかして」

駅のホームに立っていたブレザー姿の彼が、ぱっと像を結んだ。その隣に、わたしたちとは違う学校の制服の子。チェックのミニスカートの。

「なに?」

「休憩室で、ネイルサロンの店員が話しかけてきたんだけどね、こっちは全然知らないのに、いきなり名前呼ばれてさ」

わたしは、駅に向かって歩き出し、江口さんも歩幅を合わせた。

「今、ぼわーっと記憶がよみがえってきたんだけど、さっきの、振られた人の元カノかもしれない。同じ駅の、女子校の子で……」

八年前、高校の最寄り駅で、二人がいるところを見たのは、寒い季節だった。記憶の中の二人は、ホームの端に立っている。頭の中の画像から推測すると、わたしは階段の陰から見ていたんだろう。わたしが彼に告白したとは知らない、彼と同じ中学の同級生が、あの二人昔つき合ってたんだよ、ていうか元サヤなのかな、と教えてくれた。

全然違う、と思った。防寒第一で分厚いタイツにさらにウールの靴下を重ね履きしていたわたしと違って、彼女のチェックのミニスカートからは白くて細い太ももが覗いていた。そして紺のハイソックスの似合う長いふくらはぎ。寒さなんてまるで感じていないみたいに、さらさらと長い髪は西日に透けていた。

ああいう子とつき合ってたのならわたしには興味ないだろう、と気持ちはみるみるしぼんでいった。

だけどその一度見かけただけだ。それっきり、彼女と話をしたこともなかったのに。

「でも、わたしほんとにあっさり振られただけで、あんな意味ありげに、やーな感じで話しかけられる理由ないと思うんだけど。いきなりフルネームで呼ばれるし。なんか怖い」

「実は、貴子(たかこ)ちゃんのこと好きだったんじゃないの、その男が」

「ないない、ない。ぜーんぜん。誰？　って態度であしらわれて。こっちも、勘違いでした、すいません、みたいな。その後すぐ卒業して、特に関わりなかったし、っていうか、それがつまずきの元で、その後もつき合う相手に巡りあえない気さえしてるんだけど」

高三の冬、同級生三人が老舗(しにせ)洋食屋でオムライスとビーフシチューを奢(おご)ってくれて、と、間抜けな失恋は終了した。ああいう女の子っぽい外見にしたほうがいいのかなあ、などと、高校生だったのでそれなりに考えた。薄いスカートもはいてみた。コスプレにしか思えず、長続きはしなかった。

「あー、べつに思い出したくないのに。なんであんな態度取られないといけないの？　むしろ逆じゃない？」

「そだねー」

江口さんは眠いせいか、どうでもいいような言い方で、わたしは江口さんのそういうところがいいと思う。

「わけがわからない」

自分の彼氏が振った子に対して優越感に浸りたい、という理由はありえるだろうか。高校時代から成長もなくまったく同じ顔のまま山登りスタイルであくせくと動き回るわたしを、あの子と彼がエスカレーターの陰から見てばかにしている図を思い浮かべる。

……こんなことを考えるのは、被害妄想かな。仕事で疲れてるのかな。

それとも、もしかしたら、ものすごく確率は低いけど、ほんとにあの子がわたしのことを羨んでた、とか。人間って、無い物ねだりだから。

いやいや、羨ましがる要素がわたしのどこにあるのか。思い当たらない。

なんにしても、腑に落ちない。江口さんは、とっくに見えないのに彼が歩いていったほうを振り返った。

「んー、この辺うろうろしてるってことは、今でもつき合ってるのかな？　そのネイルサロンの人と」

「知らない」

そう口に出してみた途端、考えなくていいことだ、とわたしは思った。

あの子に対してなにをした覚えもないし、知ってもたぶんいい気分はしないだろうからほうっておこう。もともと関係のなかった人なのだから、これからも関係なくていい。

たぶん、一週間ぐらい働けばすっかり忘れる。わたしは今、忙しいのだから。二十六歳で、好きな店に勤めて、毎日ちゃんと仕事をして、その給料で生活している。

「他人だし、なに考えてるかなんてわからないし」

だけど、家に帰ったら、高校の友だちに連絡してしまいそうな気もした。明日は休みだから。週末の終わりに、遅れてわたしの休日はやっと始まる。

夜になっても空気は生ぬるく、またやってくる高温と湿度を久しぶりに実感した。

地下通路を歩く人混みはいつもより少なくて、日曜日、と感じる。みんなもう、お家に帰ってゆっくり風呂でも入ってそろそろ寝ようかというところ。

駅の改札を抜けたところで、江口さんが言った。

「店長さあ、辞めるのかも」

ぴんぽん、と音がして隣の自動改札機では人が行く手を阻まれていた。

「なんで」

「エリアマネージャーと合わないじゃん。ちゃんと聞いたわけじゃないけど」

ふーん、と言いながら、ほんとに辞めちゃったらいやだな、と少し気が重くなる。エリアマネージャーはわたしも好きじゃないし、新しい店長が苦手なタイプだったりしたら困る。今の店長はさっぱりした性格だし、インドアなわたしのこともおもしろがってくれる。スタッフみんなで相談して買った誕生日プレゼントは赤い鋳物鍋で、江口さんが預かっている。

飲み会帰りのうるさい学生たちに囲まれながら、江口さんが言った。

「貴ちゃん、いつまでこの仕事する？」

わたしは五秒、考えた。

「どうだろうね」

お疲れお疲れと手を振り合って、江口さんが別のホームへの階段を上っていくのを見上げていると、走ってきたおじさんにぶつかられた。


ワンルームの部屋に辿り着いて、ソファに倒れ込みながら、とりあえずテレビの電源を入れた。天気予報を見たかったのだが、やっていなくて、チャンネルを変えていくと、山が映った。

どこかはわからないが、外国の、とても高い山だった。富士山よりもずっと高そうだった。稜線が続く山脈の一部で、その崖みたいな斜面を、何人かが連なって登っていた。白い雪が張りついた岩のわずかに飛び出た場所に足をかけ、ロープをたぐり、這うようによじ登っていった。

空は、地上から見るのとは違う深い青のグラデーションで、そこが空に近い場所だということを示していた。切り立った山肌の上、峰を伝う狭い登山ルートは溶けることのない雪で覆われ、少しでも足を滑らせたら一瞬で何百メートルも転がり落ちるに違いない。

ソファに腹ばいになったままリモコンを握りしめ、眠気を感じながらも、わたしは画面を見続けた。

遠い場所に、でもどこかに実在する山。遥かな距離を、目も眩む高さを、実際に一歩一歩登ってきた人たち。

すでに後にした山々が、下の方に小さく見える。東京に新しくできた世界一の電波塔なんて比べものにならないくらい、高い場所。周りには、なにもない。遠い国まで見渡せそうなその空間は、あまりにも広すぎて、怖かった。小さいテレビの画面で見ているだけなのに、自分がそこに吸い込まれて、ものすごく遠くに霞んで見える、谷底の川へ向かって降っていきそうに感じた。

「山はいいわよ」

夕方のお客さんの声が、はっきりと思い出された。うん、たぶん、いいんだと思う。でもやっぱり、こんなとんでもなく高い山に命がけで登る人の気持ちは少しもわからないですよ。今の給料じゃヨセミテにも行けそうにないし。

……でも、まあ、丘ぐらいだったら、歩いてもいいかな。

眠くて、体温が体の表面に移動して、ふわっと浮かんでいるような心地がしてきた。

「ほんとうに、おもしろいのよ」

耳の中にその言葉を聞きながら、わたしの意識はだんだんと薄れていった。何度も下りてきたまぶたが、とうとう開かなくなり、握っていたリモコンが床に落ちた。

ハルツームにわたしはいない

窓の外を人の影が通ると今でもびっくりする。地面に住んだのはこの街が初めてだ。風で揺れたカーテンに黒灰色の影が動いたので、空気と一緒にそれが入ってきたような気がした。いちおう振り向いて部屋を見渡してから、窓を閉めた。大阪の病院の四階で生まれて以来二十六年間、住んだのは十階と十四階だった。ずっと住んでいた大阪から東京のこの一階の部屋に引っ越して、一年になる。靴を履いた。外へ出た。

傾いた陽が路地の奥まで差していた。真昼の蒸し暑さが残っていた。でもたいしたことない。道に百日紅の花片が吹き溜まっていた。七月からもう三か月近く、紅色の花が咲き続けていた。はす向かいの人の気配がない古い家でも、柿の木に緑色の実が鈴生りになっていた。次の角のアパートの入り口にはダチュラがあった。黄色いラッパみたいな巨大な花が何十とぶら下がっている。みんな、夜中のうちに子どもを産むみたいに増えたに違いない。その向こうの家には、二階の屋根まで届く団扇サボテンがある。葉は分厚く、棘は縫い針よりも大きくて太かった。「危険」と書いた紙が棘に刺してあった。楽しかった。別の生き物が支配する王国へ来た心地がした。東京の土は栄養がありあまっている！

高架を走る新宿行きの電車に乗った。座席は一つだけ空いていたからそこに座った。窓の外は空が見えた。高い建物が少ない。全然ない。街の全体が低い。あとは全部青かった。

各駅停車だから走り出してまもなく減速した。加速するときはあんまり感じないが、減速するときの重さみたいなものが好きだ。たぶん重力に拘束されているのがわかるからだ。正面に若いカップルが座っていた。男のほうが、革命家が、陪審員が、政府の権力者が、と深刻な顔をして熱心に話していた。女のほうは美人で、品のいいシャツを着ていた。視線を宙に固定したまま面倒そうな表情に見えたが、急にしっかりと男の顔を見て、

「それってかなり頭いいよね」

と言った。男は、満足げに頷いた。頻出する外国人らしき名前を聞いているうちに、とても人気のある漫画のあらすじだと思い当たった。

携帯電話が振動したので鞄から取り出した。先週、iPhone に変えた。使い方が把握できず、すでに五回も間違い電話をかけた。画面を何度かつついて、やっとメールが読めた。友だちから、今晩の誘いだった。今晩は予定があった。返信すると、遅くまでやってるし来れたら適当にでいいから、と返ってきた。いいよ、と返事した。最初からある用事も、今誘われたのも、内容は似たようなものだった。iPhone の長方形の画面に並んだアイコンの、太陽の絵をつついた。表示された東京の気温は二十五度だった。大

阪も二十五度だった。ロンドン、フェズ、サンパウロ、カイロ、ソウル、台北、ハバロフスク、ヘルシンキ、那覇、旭川。画面をスライドさせて、登録した都市の天気と気温を確かめていった。ハルツームは、四十一度だった。うれしかった。

白檀のにおいがした。左隣のおばあさんから漂ってきた。姿勢がいい人だと思った。乗り換える人が多い駅に着いた。おばあさんの向こう隣に座っていた女が立ち上がって、わたしの前を通りかかった。黒いスカートの裾が折れて、三角形にめくれ上がっていた。その部分から、太股の裏が見えた。その瞬間、左から手が伸びてきた。その手がめくれた裾を払って直した。あっ、と思った。女は、裾がめくれていたこともそれをおばあさんが直したことも、まったく気づかないまま、メイク雑誌の吊り広告をちらっと見上げて電車を降りていった。窓の向こうを、ほかに降りた大勢の乗客たちと同じ流れに乗って歩いていく女は、もう電車の中のわたしたちとは違う場所にいた。渋谷行きの路線に乗り換える階段を上がる女の後ろ姿を、動き出した車内から見送り、向き直るとおばあさんはまたうつむいて目を閉じ、じっとしていた。周りを見回した。向かいの男がまだ世界政府の話をしているほかは、全員携帯電話を開いていた。

駅をいくつか過ぎると、新宿の高層ビル街が見えてきた。晴天の今日みたいな深い水色一色の空に超高層ビルが並んでいるのを見ると、心がざわめく。都会とか現代とかいう言葉は、関係なかった。地上を走る電車からゆっくりと角度を変えていく高い建造物の光景を見ると、七十年代のそのビルたちがどんどんできていったころの、そのときはわたしは生まれてないけど、それくらいの時の知らないはずの思い出を懐かしんでいる気持ちになった。

　待ち合わせた池袋は、人が多かった。

「人が多い。うるさい」

　大阪から着いたばかりのゆきえは言った。わたしが東京に引っ越して以来、ゆきえに会うのは一年ぶりだった。上下黒のパンツスーツを着ていることに、まず動揺した。

「え？　今日って、そういう感じ？　結婚式ちゃうの？　わたし、間違えた？」

「いや、べつに。ヒカちゃん、かわいいよ」

　駅と駅と百貨店と地下街をつなぐ地下通路を大勢の人が歩いていた。みんなどこかに行く途中だった。わたしは自分の、銀色のスパンコールが並んだワンピースを見下ろした。それから、ゆきえの全体を確かめた。長い髪は飾り気なくまとめてあって、黒いパンプスに黒い鞄。筋肉質な体型に似合っていた。相変わらず、荷物が非常に少ない。

「えーっと、そういう感じなんかな、きっちりしてないと無理みたいな」

「ええんちゃう？　わたしは今はそんな親しいわけじゃないから。身内だけでこぢんまりって言うてたし、浮かれた感じもどうかと思って」

「ゆきえが親しくないって……。わたしは完全な他人ですよ」

　天井の低い地下通路には無数の人の足音、話し声、自動改札の音、鉄道のアナウンス、デパ地下の呼び込み、そういうのが反響しあって大きな音の塊みたいに感じられた。わたしの行き先は結婚パーティーだった。結婚するのは知らない人だった。そういえば、名前もまだ聞いていない。

「どっちにしてもワンピースってこれか髑髏柄しか持ってないから選択の余地ないし、そういうスーツとか思いつかへんかった」

「ええんちゃう？ それよりわたし、新幹線の領収書なくして、最悪。経費で落とすから忘れんともらえよって社長が偉そうに言うし、忘れへんかったけどどっか行った」

社長というのはゆきえの夫で、二十六歳のゆきえの三つ下だからまだ二十三だけど洋服屋を二軒やっていた。

「あー、一万四千五十円」

嘆くゆきえの背後で、自動改札を出てきた男の人が目についた。側面に金でブランドのマークが入ったサングラス、Tシャツにチノパン、足もとはビーチサンダルだった。そして、手ぶらだった。ゆきえのすぐうしろを通るとき、チノパンのポケットから小さな四角いものがひらっと落ちたのが見えた。

「ゆきえ、それ」

汚れた白いタイルに落ちた紙片を、わたしは指差した。ゆきえは振り返って、右からも左からもぶつかってくる人の波の隙間にしゃがんで小さな四角いものを拾った。ちょうど通ったキャリーバッグに手を轢かれそうになった。立ち上がってゆきえは言った。

「おおっ、ビンゴや」

ゆきえが差し出した紙片を覗(のぞ)いた。表面は薄緑色、裏は焦げ茶色の切符サイズの紙は、新幹線の領収書だった。東海旅客鉄道株式会社、一万四千五十円。

「なんか、そういう気がした」

「ありがとう。助かったわ。新幹線の途中で富士山見たで。天辺(てっぺん)は雲の中やったけど、裾野だけでも大きすぎるな、あれ」

「あ」

さっきのサングラスの男が足下を右、左と見ながら戻ってきた。さっきは気づかなかったが、Tシャツからのぞく上腕部に入れ墨が見えた。魚の鱗(うろこ)みたいな青い模様。

「やばい」

ゆきえは、とっさに領収書を手放した。ひらひらと舞い落ちた紙片は、通りかかった別の人に踏まれ、また踏まれた。入れ墨の男は、自動改札の前にしゃがみ込んで床を舐(な)めるように見ていた。不意に、わたしは動悸(どうき)を感じた。そして、行き交う靴のあいだに手を伸ばして踏まれそうになりながら紙片を拾い、袖口に隠して入れ墨の男の背後に近づいた。手から血の気が引いてうまく動くか心配になったが、男の真うしろをなんともない顔をして通り過ぎるときに、指を離した。足のすぐうしろに落ちた紙片に、男はなかなか気づかなかった。そばを歩く人たちが、わたしの行為に気がついてそれを男に告げるのではないかと不安になった。うしろですよ、と言ったほうがいいのだろうか、余計に怪しいだろうか、と迷っていると、男は唐突に紙片を拾い上げ、なにごともなかったように歩いていった。わたしもできるだけなんにもないふりをして、ゆきえのところまで歩いていった。

「ぎりぎりやったな」

ゆきえが言い、わたしは頷いた。男の姿は、首を伸ばしてみても少しも見えなかった。

「ほんで、ごめん」

ゆきえは、わたしの前に手を差し出した。

「あったわ、領収書」

「えー」

それでもなんとなく、わたしは、入れ墨の男が領収書を落としたことと、ゆきえのポケットから急に出てきたそれが、無関係ではないような気がして、ゆきえの手からその紙片を取り上げてじっと眺めてみた。

「これ、去年のんちゃう？」

日付だけは同じで、年号だけが一つ少なかった。

「え、ほんまに？」

ゆきえは、去年？　なんやったっけ、なんでやろ、なんでやろ、と繰り返していた。

わたしは、人でごった返す地下通路を眺め渡した。ほんの二、三分しか経っていないのに、入れ墨の男がいたときにいた人はすでに誰もここにはいない。わたしとゆきえの行為を見ていた人がいるかどうか、わたしはもう知ることができなかった。

ゆきえのスーツにコサージュかなにかをつけることにした。池袋には前に一度しか来たことがないし地下街は迷うので、とりあえず地上に出た。

西武(せいぶ)百貨店の正面で、どこに行こうか周りを見回した。路上で、もう仕事は十年も前に引退しただろうという年齢の、きれいに禿(は)げ上がったスーツ姿の男が三人、抱き合っていた。全員、顔も手も赤くて、ほんとうに心からうれしそうな表情をして、ありがとう、また会おう、ありがとう、元気でな、と繰り返していた。ぶつかられた人が迷惑そうな顔をした。

「あんな笑顔、酔っぱらってないと出てけえへんな」

「同窓会かなんかかな」

「楽しそう」

「うん、楽しそう」

まだ五時過ぎだったが、連休で宴会の始まりが早かったのだろう。彼らは互いのシャツや腕をつかみ、背中をたたき合ったり、頭をなでたり、歌を歌っていたりした。肩を組んで、後ろに倒れそうなくらい反り返っていた。わたしたちは、西武百貨店に入って薄いサーモンピンクのカメリアのコサージュを買い、店員さんから結婚式にパンツスーツはよくないと教えてもらったが会場もイレギュラーだし気にしないことにして、時間があったのでイルムスで食器を見て、あれほしいこれほしいと散々言って、もちろんなにも買わなかった。

一階に下りて、入って来た扉から外に出ると、ちょっとした人垣ができていた。その中心に、血まみれのおっさんが座り込んでいた。さっき、陽気に抱き合っていたおっさんたちだった。血が出ているのはそのうちの一人で、禿げた頭に残った後頭部の髪の毛は濡れて赤黒く光り、白いシャツの襟から背中にかけては深紅に染まっていた。あとの二人も白いシャツの袖や腹のあたりに血が付いていたが、それは血まみれのおっさんの血のようだった。三人とも、なんだかびっくりしたような表情で、ぼんやり座っていた。痛そうな様子も慌てている様子もなく、きょとんとした、子どもみたいな目つきで、夜に向かって青く変わりゆく空気の中で、通りかかる大勢の視線に戸惑いつつ、座っていた。真ん中のおっさんの腕から滴った血が道路に落ちたのが見えた。落ちた一滴が、先に広がっていた血に滲んで混ざりゆく瞬間。

「飲んでたら血ぃ止まらんって言うからな」

「痛くないっぽい」

わたしたちが言っているうちに、横断歩道の向こうに警官の姿が見えた。

彼らは、今日はほんとうに楽しい一日だったからあんなに大騒ぎしたんだろうと思った。たくさん血が出てるけどだいじょうぶそうで、助けも来たし、きっと、人生の楽しいことっていうのはこういう感じなんじゃないか、と考えた。年を取って、友だちも生きていて、あんなふうに子どもみたいな顔をしてなにもしないで空気の中にぽそっと座っている状態が、訪れること。

サンシャイン水族館は人がいなくて静かだった。子どものころ「日本一の高層ビル」というクイズの答えは「サンシャイン60」だったから名前は知っていたが、中に入るのは初めてだった。そして水族館は六十階じゃなくて別棟の十階だった。魚が見放題で幸運だと思った。水槽に囲まれた広い場所に、ビュッフェ形式で料理が並べてあった。白いテーブルクロスがかかった丸いテーブルが点在するその場所には、ごくオーソドックスに、礼服や着物の親戚（しんせき）たちやパステルカラーのドレスを着せられた親戚の子どもたちと、スーツを着た男の人たち、てかてかしたワンピースの女の人たち、合計五十人ぐらいがいくつかの塊になって、会話をしたり魚を指差したりしていた。水族館で結婚パーティーなんて妙に景気がよくて派手な人たちだったら居づらいと思ったが、羽織袴（はおりはかま）姿の新郎が鮨（すし）職人で魚が好きというのが会場の選択理由でほっとした。新婦はシルバーのシンプルなドレスで、新郎の和装の銀糸と色だけは合っていた。

「初めまして。今日は、全然関係ないのに混ざっちゃってどうもすみません」

「あー、ゆきえちゃんの友だちですよねえ。聞きました、いっしょにベトナム行ったことあるんでしょう、いいなあ。こんな見ず知らずの野郎どものために来ていただいてありがとうございます。楽しんでいってくださいね、クラゲもいますし」

新婦は後ろの水槽を指差した。ゆきえから電話があったのは三週間前だった。小学校のとき隣の家に住んでた子の結婚式の二次会が東京であるねんけど、行かへん？　母親同士が、こないだばったり再会してわたしが家族代表で行くって話になってて、なぜか。ほかに知ってる人もおらんし、その子とも十五年以上会ってないし、東京で行ってくれそうなのってヒカちゃんだけやから。いいよ、とわたしは答えた。

「水槽に近づいたら酔うのはなんで」

ゆきえは、鮮やかな色の小さい魚が泳ぐ水槽に額をくっつけて中を見ていた。青銀色の魚は、じっとしているかと思うとぱっと瞬間移動するみたいに離れていった。

結婚式自体は昼間に神社で挙げてきたそうで、新郎の勤める鮨屋の同僚の、妙に体格のいい男たちが司会進行して挨拶やスピーチが滞りなく行われたあと、「しばらくご歓談ください」の時間になった。まったく期待していなかった料理がかなりおいしかったので、わたしはラザニアとローストビーフとルッコラと生ハムと豆サラダを取ってきて、じっとしているサメの前の椅子に座って食べた。猫みたいな顔のサメだった。ゆきえは新婦の母親から質問攻めにあっていた。だいぶ酒の回ってきた鮨屋の人たちが、薄着になり始めていた。一人は既に上半身裸だった。

わたしは iPhone を取り出して、天気のアイコンをつついた。

ハルツームの気温は、四十三度に上昇していた。現地時間は午後二時半、そろそろいちばん暑い時間になる。画面をスライドさせると、ボンベイの欄の天気アイコンは太陽の上に帯状に白いもやがかかっている。これがなにを意味するのか、マニュアルを探してみたがわからない。太陽の表面から水滴が落ちているアイコンも謎だ。

「新婦のほうのご友人ですか？」

隣に、白いネクタイの礼服の年配の男性が座った。とてもきれいな白髪だった。たぶん新婦の親戚だった。縁すれすれまで赤ワインの入ったグラスを持っていた。こぼされたらクリーニング代をもらおうと思った。

「友だちの友だちです」

「珍しい場所でお会いしたのもなにかのご縁でしょうかねえ」

わたしは曖昧な笑いを返した。おじさんはグラスの縁から深い赤色の液体をすすってから、後ろの水槽を指差した。

「うち、こういうやついるんですよ」

エイが、真っ白な裏側をアクリルの水槽にくっつけた状態で、凧みたいに漂っていた。

「名前なんて言うんですか」

「えいこ。手間も電気代もかかっちゃって大変ですよ。でもかわいいんだねえ」

「なんでエイにしたんですか？」

「いやー、テレビで飼ってる人見ちゃったんですよねえ。衝動買い癖があるようでしてね、困りますよねえ。いっとき、カードの支払いが三百万超えましてね、以来かみさんにカードも財布もぜーんぶ預けまして、毎朝お小遣いもらうことになりましたねえ」

おじさんの視線の先にいる鶴の着物の人が、かみさんなんだろう。かみさん。東京に来るまで、テレビの中以外で実際に男の人が使うのを聞いた覚えがなかった。こういうとき、違う街に住んでいるんだと思う。あとは大阪も大して変わらない。建物も人も電車も、ちょっと大きめだったり多めだったり長めだったりする程度。

「気楽なもんですよ、考えたり迷ったりすることが格段に減ったようですねえ。時にあなた、外国はどこに行かれましたか」

おじさんがテーブルに置いたチーズの皿をわたしに勧めたから、食べた。嫌いな食べ物はなんにもない。死ぬまでにできるだけたくさんの種類の食べ物を食べたい。

「トルコとベトナムです」

「トルコ。珍しいとこ行きましたねえ。そりゃまたどうしてかな」

「話すと長いんですけど、わたしの希望はイギリスで、同行者の希望はインドで、間を取ってトルコ」

鮨職人たちがなぜか相撲を取り始めた。おじさんは相撲大会に顔を向けたまま、頷いた。

「ああ、確かに真ん中ですねえ。距離的にも文化的にも。たまたま、ぼく、その三つとも行きましたから」

「へえ。旅行お好きなんですか」

「いや、仕事でね、いろいろ行きましたよ、メキシコ、ブラジル、ポーランド、ルーマニア、ソ連、エジプト……、フランスとスペインは住んだことありますし。五十か国は行ったんでしょうねえ」

「五十？　お仕事って何を……」

「たいした仕事じゃない、誰でもできるつまらないことでね。食い物は、プロテスタントの国はまずい、カトリックの国はうまいです」

へえー、とわたしは大げさに頷いてみせてから、オレンジ色のチーズを取った。ワインも持ってこいよ、と念じたが通じなかった。

「ハルツームは行ったことありますか？　スーダンの」

「アフリカは、ケニアの野生動物見に行くツアーが世界中でいちばんおもしろいでしょうねえ。どこか、行きたい場所あります？」

「テネリフェ！　行きましたか？　カナリア諸島」

と急に割って入ったのは、おじさんと反対側の隣に座った女の子だった。真っ黒なおかっぱに、妙に大きな丸い眼鏡。し慣れていないのがわかる明るい色のアイカラーとチークがちぐはぐな化粧で、ピンクのフラミンゴ柄という珍しい着物に黒いレースの帯を、浴衣(ゆかた)の子どもみたいな結び方で締めていた。日本のアニメが好きな外国人にウケそうな見た目、と思った。新郎のいとこかなんかだった。

「ないですね。年ですからそろそろ気楽な観光旅行でもしたほうがいいかもしれませんねえ」

「行きましょうよ、テネリフェって愛と平和の島なんですよ。楽団がいて、プロポーズするときについてきて盛り上げてくれるんですよ。すごくないですか？　あ、テレビで見たんですけど」

「じゃあおれと行きますか、愛の島に」

今度は目の前に立った、横幅の広い男が割り込んできた。新郎の友だちの消防士。フラミンゴガールがお愛想で言った。

「楽団頼んでくれますか？」

消防士はかなり酔っていて、左右に揺れながら答えた。

「いや、結婚とか考えてないんで、申し訳ないけど」

「はあ？」

フラミンゴガールは男を睨んだ。消防士はにやついた顔を近づけた。

「でも稼ぎはそこそこありますから、飯ぐらいおごりますよ」

「若いときはいろんな場所に行ったほうがいいですよねえ。このエイは悠々と泳げて健康でしょう。えいこさんもここへ入れてあげたほうがよいでしょうねえ」

おじさんはワインが空になったので席を立った。消防士はフラミンゴガールに自分のことばかり話し始めた。

わたしは、欅を見に行きたかった。前に池袋に来たのは五月だった。人に誘われて、知らない劇団の芝居を見に来た。小さい劇場の入った白い建物の階段を上っているとき、窓の隙間から夜の暗い空の下に欅が見えた。真下には墓地が広がっていた。かなり広い敷地で、周りの高層ビルの灯りに、整然と並ぶ墓石と卒塔婆がうっすらと浮かび上がっていた。その端に、欅が並んでいた。そのうちの二本がとても大きかった。太かった。三十メートルはありそうだった。七年前に初めて東京に来たときに見た欅の巨樹は、それまで自分の中にあった欅の概念、というよりも、木のイメージそのものとは、全然違ったものだった。圧倒された。太くまっすぐに高く伸びている幹。中空へと広がる枝。その場所の全体を覆う存在。

劇場裏の墓地にあった欅は、枝を短かめに剪定されて、太い幹の上にふさふさとした葉の塊を乗せたような形をしていた。それでも立派で、素晴らしかった。爆発みたいだった。背伸びをして窓枠にかけた手に力を入れてずっと見ていた。芝居のあと打ち上げについて行ったので、欅を確かめに行けなかった。今、エレベーターで降りて外へ出て高速道路の下の道を渡ったら、あの欅のところに行ける。この時間だと墓地には入れないかもしれないが、塀が低ければ乗り越えられる。

「ここ、なんとかなんとかって刑務所の跡地って知ってる？　知らないの？　おれも知らないけど。日本兵の幽霊出るって話あるよ」

都市伝説をたくさん知っていると自慢しはじめた消防士が、言った。なぜかわたしを見ていた。

「そうなんですか」

巣鴨プリズン跡地、と持ち歩いている地図帳に書いてあった。そのころも、あの欅はあったんだろうか。空襲でなにもかも焼けて広々とした地平に立っているあの欅。

フラミンゴガールが言った。

「幽霊って、なんで怖いんですか？　見えるだけですよね？　3D映像みたいな感じじゃないですか？　もししゃべれるんだったらおもしろそうだし」

「おれ、そんな根本的なこと話し合うつもりはないんで。だいたい、幽霊なんかいないし」

フラミンゴガールは、消防士の顔をじっと見たあと、きまじめな声で言った。

「現実的に怖いことするのは、死んだ人より生きてる人間のほうじゃないですか？　ストーカーとか、戦争とか」

わたしは欅を見に行きたかった。墓地の真ん中に立ったら、広くて気分がいいだろうと思った。iPhoneを買って二日目に、衛星写真の地図を検索してハルツームを上空から見た。茶色い砂の色をしていた。雨期なのか泥水があちこちに溜まっていた。自動車がいたるところにたくさんいた。虫の群れのようだった。川が流れて、橋が架かっていた。ブルーナイル沿いにだけ、緑があった。金持ちの家らしい敷地が並んでいた。庭にプールが見えた。

親戚たちは解散し、鮨職人たちや仲のいい人たちは三次会へ行った。フラミンゴガールが、暇だからお茶でも飲みませんかと言ったので、いいよ、と答えた。けい、という名前だった。二十歳だった。わたしは言った。

「このあと、誕生日会に呼ばれてるけど？」

「誰の？」

ゆきえが握った携帯電話でメールを打ちながら聞いた。わたしは答えた。

「知らん人。友だちの友だちかなんか」

「どこで？」

「下北沢（しもきたざわ）のお好み焼き屋。おいしいらしいよ」

わたしはiPhoneでその店を検索した。ゆきえは液晶画面を睨むように覗（のぞ）いた。

「絶対おいしい？」

「そこだったら知ってます。おいしいですよ」

けいが微笑んだ。

「じゃ、行く」

いいよ、と、わたしは答えた。

駅に向かって押し寄せる大勢の人の流れに乗って、騒々しい夜の道を歩いた。横断歩道を渡ったとき、信号の支柱に血が付いているのを見た。血まみれのおっさんたちがここにいた気配はもうどこにもなかったけれど、血はまだ駅の照明の光を反射するくらいには、乾ききってはいなかった。

黄緑色のラインの入った電車は空いていて座れた。iPhone でこれから行く場所の地図を確かめていると、ゆきえが聞いた。

「それ、便利？」

「使いこなせたら便利なんちゃう？　ようわからんから地図と天気しか使ってない」

わたしは地図の画面を閉じ、ハルツームの週間天気予報を表示して見せた。ゆきえが聞いた。

「四十三度？　ハルツームってどこ？」

「アフリカの右の真ん中のちょっと上らへんですよね」

わたしより先に答えたけいの大学の名前はさっき聞いたが、東京の大学の位置づけがぴんとこない。きっといいところなんだろう。

「人が住んでるとこでいちばん暑いとこの近くの街。いちばん寒いとこ、地球の裏側、行ってみたいとこ、いろいろ登録してみた」

画面をスライドさせ、ほかの街の天気も次々に表示した。ゆきえが、太陽の絵と、同じ形の太陽に白い帯がついた絵を指差した。

「これとこれはどう違うの？」

「謎」

「霧じゃないですか？」

「便利な道具にしたらブログとかツイッターとかそういうのも活用するかと思って買ったけど、人のは読んでも自分のこと書くのがどうも苦手で。機械が難しいからじゃなくて、コミュニケーション上のというか、自分の性格の問題かなと。やっぱり、ネットで検索するのとメールの返信するぐらいで精一杯」

「上の世代の人たちってそうなんですね。使えない人ってほんとにいるんだ」

二十歳からしたら二十七歳は「上の世代」ということになるんだろう。けいは今新鮮な驚きを感じているのだから、その感情は尊重しようと思った。

「いや、周りの人は全然使いこなしてるから、もっと年上でも、ふつう。だから自分も努力しようかと思ったんだけど」

けいは真剣な眼差しで自分の考えを確認するようにゆっくりと言った。

「じゃあ、コミュニケーション能力が欠けてるのはヒカルさん自身ってことなんですね。そういう、道具じゃ変わらない、つまりお金で解決できないことって、一生無理かもって絶望しちゃいませんか？」

「あはは」

ゆきえの笑い声で、ドア近くに立っていた男が振り返った。巨大な荷物を背負っていた。

「そうね、無理かもね」

「やっぱりそうですかあ。落ち込んじゃいますね」

急にうつむいたけいを眺め、わたしのことと比較して自分のことを考えていたのだと理解することにした。まじめなのはわかったが、誰かに言い方を教わった方がいいと思う。わたしは教えないけど。横からゆきえが、

「ハタチやろ、落ち込め落ち込め」

と、けいの肩を叩いた。けいはしばらくじっとゆきえの顔を見ていたが、そのうちに丸い眼鏡の下の両目にみるみる涙が溜まって流れ出した。

お好み焼き屋の裏口から暗い階段を上がった。多すぎる靴がはみ出して、二階のドアは開いたままだった。黄色い光に照らされた十畳あるかないかの古い和室では、少なくとも二十五人が座卓を囲んで座っていた。誰の誕生日なのか、既にわからなくなっていた。最初から誰でもよかった。知っている人もいたし、見たことある人もいたし、はじめて見る人もいた。床が抜けないか心配だった。

「あ、これ、めちゃめちゃうまいから、早よ食うたほうがいいっすよ」

「いただきます」

一応敷いてある座布団も二人もしくは三人に一枚というひしめき具合で、さらにその隙間に加わったので窮屈だった。隣の男の子が、ネギ焼きの皿を差し出した。目も鼻も口も手も足も、全部が大きい人だった。こんなに狭いところで座っていられるのが、不思議なくらいだった。

「おれ、会ったことある？　大阪の人？」

「たぶんおととし、まり子と中華の店で、新宿かどっかの」

「ああ、そうやろ。やっぱりな。矢吹（やぶき）です。おれ、記憶力いいんやわ。飲み物頼んだ？これも食う？」

矢吹は大きい手で、焼きそばが少しだけ残った皿を引き寄せた。狭い上に、顔を十センチぐらいの距離まで近づけて話すので、目の大きさに感心していた。

「楽しいね、今日は、人と人との出会いの一日やね。今、どこ住んでんの？」

頭から食べられてしまいそうな口、と思っていたら矢吹と反対側の隣に座っていた、耳に輪っかのピアスが十個ぐらい並んだ坊主頭の男の子が言った。

「ごめんごめん、こいつ、クラブ行きすぎて、人との距離感わからなくなってんだよ。うるさいよ、おまえ」

「近すぎた？　悪い。で、どこ住んでんの？」

矢吹は近い位置のまま、いっそう声の大きさを自慢するように言った。テーブルに置いてあったぼろぼろの携帯電話が、びっくりするような大きな音をたてて振動した。彼は、顔の前二十センチくらいの位置に電話を持ち上げ、それに向かって怒鳴った。

「もしもし、なにやってんねん、早よ来いよ」

だから場所聞いてんだよ、と電話からしゃがれた音声がはっきり聞こえた。向かいに座る女の子たちが笑っていた。ゆきえはその中に混じってビールを飲んでいた。けいはドアの近くで正座していた。着物を汚さないように膝と襟元にハンカチを載せ、隣の四十代ぐらいの女の人としゃべっていた。わたしより心が広そうな人だからよかったと思った。

電話に叫んでいた矢吹は、こっちを向いて言った。

「これ、壊れててスピーカーでしか使われへんねん。頭おかしいと思わんといてな」

「だいじょうぶです」

「おっけー。……あ？　もう残ってないって。残念やなおまえ、うまいもん食われへんって」

だから場所どこなんだよ。電話の向こうのしゃがれ声も叫んでいた。わたしはたこ焼きを食べた。

ピアス坊主が言った。

「こいつ、失恋したばっかりなんで、大目に見てやって」

「失恋」

「長いこと片思いしてたんだよ。五年かな」

彼は、氷の入ったグラスの透明な液体を飲んでいた。水に見えた。

「すごい美人で、さっぱりした強い感じの人でさ、おれも気持ちはわかるんだけど。沖縄に行ったときに飲み屋で隣になって一目惚れして、だけどバカだから連絡先なくしてさ、それが一年後にもう一回会いたいって同じ場所に行ったらほんとにいたんだよ。だから絶対運命だって大騒ぎしてさ。いい雰囲気の時もあったんだけど、まあ、話すと長くなるから。その子、千葉で小学校の先生してるんだけど、じいちゃんの畑も手伝ってそこで子どもに野菜作り教えるってがんばってて、今は恋愛とか考えられないって言われてたんだけど、こないだ久々に会いに行ったら別のやつと結婚するって。かわいそうに」

映画のあらすじを説明するように滔々と、ピアス坊主は箱から出した煙草でテーブルをとんとん叩きながら言った。うるさい電話をやっと終えた矢吹が、その煙草を取り上げて言った。

「今の話、全部嘘」

「真実だよ」

ピアス坊主は笑いながら新しい煙草に火をつけた。矢吹が、大きい口をぱっくり開けて言った。

「おれの話じゃなくて、全部、こいつのこと。こいつの惚れてた女の話」

「なんだよ。照れんなよ」

「あほか。なんで嘘つかなあかんねん。信用したらあかんで、気ぃつけて」

「隠さなくてもいいって。人を好きになるのは、いいことじゃん」

どっちの好きな人でも、わたしにはたいした違いはなかった。

狭い部屋に、わたしの住んでいた大阪か、京都か神戸の出身の人が十五人以上いた。

皆、大阪の食べものを食べていた。ここも大阪でいいんじゃないかと思った。こんなにたくさん東京にいて、大阪にはもう誰もいないんじゃないかと思った。でもたぶん、大阪の似たような店で、似たような宴会をしている人たちがいると思う。一年前までわたしがそこにいたように。ただ、今はわたしが、そこではなくて、ここにいるっていうだけだ。ここにいて、そこにいないっていうだけ。だって、わたしはここととそこに同時にいることはできないし、どこにもいないこともできないのだから。

矢吹はいつのまにかいなくなっていた。ピアス坊主は、家が同じ方向だから途中まで一緒にタクシーに乗らないかと言ってきた。いいよ、と答えた。けいは、後半立ち直って男の子とメールアドレスの交換なんかしていたが、終電を逃してネットカフェに泊まると言うので、うちに来たら、と言ってみた。ゆきえは最初からうちに泊まることになっていた。

タクシーをつかまえに茶沢(ちゃざわ)通りまで出た。道路の向こうに長い上り坂があった。坂のてっぺんまで見えた。誰も歩いていなかった。わたしたちの頭上の短い鉄橋を走る線路が、てっぺんに向かって延びていた。ここは谷底だと思った。目の前に見えるのは山。登ったら遠足みたいな気分になるに違いない。

乗ったタクシーの運転手は、行き先を告げると、あのへんいやなんですよね、と言った。道がややこしくて誉れ高い地域だった。カーナビはついていた。液晶画面の地図に、カーナビが複雑な一方通行を避けて判断したルートが赤いラインで示されていた。どう見ても、遠回りに見える。しかし、それが罠だ。

助手席にゆきえが座り、最後に降りる予定のピアス坊主が右後ろ、真ん中にけい、左がわたしだった。走り出してすぐにピアス坊主が言い出した。

「おれ、四、五年前はレコード屋で働いてて、その支店が大阪にあって、月イチぐらいで行ってた。今は会社ごとなくなったけど」

「どこですか？　なんて店？」

名前を聞くと、わたしもゆきえも毎週のように行っていたカフェの隣の店で、もうないそのレコード屋も何度か行ったことがあった。

「えー、じゃあ、わたしらと会ってたかも」

「あったな、隣にカフェ。二階があるとこだろ？　大阪の店長に、ライブイベントに連れて行かれたことある。アコースティックギターでおとなしくやってたのに最後暴れてアンプ壊しちゃって……」

「あああー！　それ、友だち！　わたしもゆきえも行ってた。いた、そこに」

「ああ！　二十万弁償させられたときや！　そこにおったんや」

「あのあと、おでん屋ですげー飲んで酔いつぶれて道で寝ちゃって」

「おでん屋って、細いビルの奥のとこやろ」

「そんな感じ」

わたしは、そのライブの夜を思い出していた。ゆきえとあと二人の友だちと一緒に行った。人が多くて、後ろの隅のほうで見ていた。そのあとは、焼鳥屋に行った。夏の終わりで、サンダルを履いていた。

「偶然て、すごいよね」

助手席のゆきえは体をよじって後ろをむいたまま、すごいねを連発していた。

わたしは、たとえばいったんは拾った領収書のことも、行きの電車で見たおばあさんが女の人のスカートを直した瞬間を目撃したことも、同じなにかと関係があると思っていて、話したかった。だけど、今言うとたぶん、偶然や善意や、願えば叶う(かな)という類(たぐい)の話に、自分でもなってしまいそうだから、言わなかった。そうじゃなくて、誰かが目撃しなかったり気づかなかったりしたら、過去のそのできごとは存在しないのと同じなのか、それとも、誰も知らなくてもやっぱり存在したこと自体は消えないのか、というような話をしたかった。わかってもらう努力をしないところが、わたしの卑怯(ひきょう)で臆病(おくびょう)なところだと思った。もしかしたら、真ん中で黙っているけいなら、わたしの感じていることが通じるかもしれないと期待があった。ハルツームの気温を確かめている理由も、言葉にできるかもしれないと思った。でも、ほんとうに通じたかどうか、確かめることはできない。言葉でわかったと言っても、わかったような感じを共有できても、わかりあえた感動が訪れたとしても、ほんとうにそれが同じことなのか、確かめることはできない。絶対に。

住宅街に入ったタクシーが、ルートを外れていることに気づいた。

「あのー、ナビ通りに行ったほうがいいと思うんですけど」

「近道なんですよ、先週乗せたお客さんに教えてもらいましたから」

助手席のゆきえはカーナビを凝視していた。ゆきえもわたしも「碁盤の目」の街で育った。だから道がまっすぐじゃないだけでおもしろかった。坂道もおもしろかった。タクシーは人気のない住宅地の細い道を右に曲がり左に曲がりし、長い塀に囲まれた路地に入った。

「あらら、違うわ」

運転手はタクシーを強引にバックさせ、一つ手前の路地に再び入り、鉤（かぎ）の手になった先へ曲がろうとした。ヘッドライトに古いアパートの壁、ブロック塀、金網と雑草が照らし出された。

「あれ、あー、なんだこれ」

運転手の声と同時に、どすんとエンジンが止まる音がした。車内に静寂が訪れた。ブロック塀とアパートの壁の角に、車体がぴったりはまりこんでいた。運転手は窓を開けて車体を確かめていたが、無愛想に言った。

「すいません、動けないんで、降りてもらえますか。別の車呼びますから」

「たいがいにせえよ、おっさん」

ゆきえが重い声でつぶやいたのが聞こえたが、他の誰も反応しないので、わたしにだけ通じたゆきえの心の中だと思った。運転手は動揺することもなくルームミラー越しにちらっと後ろを見て言った。

「この辺の道、最悪なんですよ」

ゆきえとわたしは支払いを拒んだが、ピアス坊主が払ってくれた。後ろの左のドアだけが開いたので、全員そこから脱出した。迎えの車を待たずに、四人で夜の住宅街の道を歩き出した。人はいなかったが、蟋蟀か鈴虫かなんかの声が途切れながら響いた。歩いた覚えのある道ではあったし iPhone で位置も確かめられるので、近くの駅まで行くことにした。ほかより大きい駅なので、そこなら夜中でもタクシーがいるはずだった。

「だいじょうぶ？　そんな遠くないけど」

着物のままのけいに聞いたが、

「平気です。冒険みたいですね」

と言った。だけど笑ってはいなかった。

わたしが先頭になって、Y字路を右へ行くと、低い松の木が並んだ広い庭みたいな場所へ出た。門灯の白い光で、そばの軽トラックに「造園」の文字が見えた。ブロックや土嚢が積まれた先に瓦屋根の家があり、その向こうに何本かの大木の梢が集まって、夜の空の下にさらに黒い影になっていた。

「山みたい。おもろいとこやな、このへん」

ゆきえの声に振り返ると、黒いスーツのままのゆきえの姿は闇に紛れそうで、白い襟

とカメリアのコサージュだけが浮いて見えた。ゆきえは右に左に忙しく頭を動かし、

「あ、畑。でかい家。さらにでかい家。アパートぼろいな」

と見たままのことを口にした。わたしは前に散歩したときに見つけたお気に入りの家を見かけるたび、指差して解説した。

「あ、この家、めっちゃよくない？　見えへんけど、縁側もあるし庭がええ感じで」

「こういう家って最近ないもんなあ」

「ここもいいねん。洋館風っていうか、窓枠が水色で、模様入りガラスが昭和っぽくて。絶対、昔の人のほうがセンスええわ」

「要塞みたいなデザイナーズマンションとか、住みたいと思わんもんな」

わたしとゆきえの声は、秋の虫の声と混ざって夜の闇に響いた。いつのまにか、ピアス坊主は斜め前を歩いている。その手が開いた携帯電話が、懐中電灯みたいに光っていた。いちおう、けいの荷物を持ってやっていた。距離をあけないようについてきていたけいは、ずっと黙っていたが、急に、

「怖い」

と言った。振り返ると、けいは立ち止まってそばの家の敷地に立つ、背の高い柏を見上げていた。縁が波形の大きな葉が重なり合って、狭い道の半分まではみ出していた。そのうしろには、暗くてなにかわからないがもっと葉の密集した木があった。

「木って、暗さの塊みたい」

けいは、そうつぶやくと、再び歩き出した。

「新宿からそんな遠くないのに、田舎なんですね。土のにおいがする」

「わ、これ畑？　ヒカちゃん、こんなとこに住んでてさびしくない？」

商店街に住んでいるゆきえが聞いた。

「夜暗いのも、昼も夜も静かなんも、最初落ち着かへんかった。だいぶ慣れたけど」

「ヒカちゃんの実家のマンション、駅のすぐ前やしパチンコ屋二軒に挟まれてるねんで」

ゆきえが解説すると、けいは、そうですか、とだけ言った。けいは、両親と湾岸の高層マンションに住んでいるらしかった。三十五階。

狭い道の両側には、庭のある家、庭のない家、アパート、低層のマンションと、途切れることなく建っていた。わたしは、何十年か前まで畑が続く中にもっとたくさんあったはずの木を見たかった、と思いながら歩いていた。

どこかの窓からテレビの音が聞こえた。別の窓には、ぴかぴかとめまぐるしく点滅するテレビの光が反射していた。小さな寺院の門があり、両側には欅（けやき）と楓（かえで）が並んでいた。金木犀（きんもくせい）っぽいにおいが漂ってきた。

「木がおっきいのはめっちゃ発見やったわ。すごない？　こんなに育つって知ってた？　欅なんか全然別の種類みたいやんな。東京って実は巨木が日本一多いねんで」

飲んだし食べたし、タクシーの一件もちょっとしたイベントみたいで陽気になっていたわたしは、はしゃいでいた。

「うちにもっとでかい木あるよ」

唐突に、ピアス坊主が言いだした。

「実家の庭に、こんなのよりもっとまっすぐで、もっと太い、でかいやつ。四本ぐらい」

「えっ、ほんまに。家、どこ？」

地名を聞いて、わたしは去年の冬に友だちの車で福生に連れて行ってもらったときのことを思い出していた。青梅街道沿いの敷地の広い家に、巨大な欅が何本も立っていた。そういう家が、いくつもあった。車の窓から見た、流れ去っていくあの風景！　古代遺跡の神殿の石柱みたいに、堂々とそびえていた。何百年も前から、じっと動かずに同じ場所に居続けた、その木のかたち！

「じいちゃんが死んだら伐るんじゃないかな。おやじが、アパート建てるって言ってるから」

ピアス坊主の言ったことを、わたしはしばらく考えた。

「伐ったら、殺す」

わたしの声は、自分でも感心するぐらい明確だった。ゆきえが笑った。

「殺さんでもええやん。人間ってなかなか死なへんから体力いるで」

「そうなんですか？　知らなかった」

けいは感心していた。本当に素直な人間だ。ピアス坊主は、片手で携帯電話を開け閉めしながら言った。

「じゃ、あんたが相続税払ってよ。どっちみち土地を売ったら買ったやつが伐るだろうし」

ピアス坊主は空を見上げた。闇の中に白い星があった。虫の声はだんだん聞こえなくなってきた。

「人の命は地球より重いって言ったやついるんだろ。木なんか地球の何億分の一だよ」

説明するのが面倒だったので、わたしは返事をしなかった。

「おれ、あの家べつにいらないから、おやじが死んだら、あんたに売ってやってもいいよ。金儲けて、買えばいいじゃん。そしたらおれ、店できるから」

糸口を見つけたゆきえがすかさず聞いた。

「店したいんや？　なんの？」

「店っていうか、友だちとか、自分の周りでいいやついっぱいいるじゃん。おもしろいやつとかかっこいい音楽やってるやつとかうまい飯作れるやつとか。そういうやつがちゃんと稼いで生活できるようにならないかな、ってずっと考えてる」

そばの家の二階の灯りが消えた。

「そしたらおれ、感謝されるだろ。みんなにありがとうって言われて死にたいな、と意外につまらない男だ、と思った。

「世界って、だめになるんでしょう？」

けいのまっすぐな声が、十字路に響いた。

「昔がよくて、どんどん悪くなっていってるじゃないですか？　ヒカルさんの木とか家とかの話だって、そういうことですよね。いい世の中じゃなくなっていくっていう。だから、人のこととか考えるより自分が堅実に稼がないとって思うんですよね、あ、えっと、これは自分についての話なんですけど」

けいの眼鏡のレンズに街灯の光が反射していた。暗くて、着物のフラミンゴはよく見えなかった。ゆきえがまたけいの肩を叩いた。

「現実的なんか世間知らずなんかようわからん子やな。まあ一回、男とつきあって失恋でもしてみ」

「ありますよ、それくらい」

「失恋ね」

ピアス坊主が鼻で笑った。それから、

「さっきの、沖縄で会った女の話、ほんとにおれじゃねえよ。あいつ、おれが勝手にしゃべったから怒ってるんだよ。小さいやつ」

と、わたしに向かって言った。

「べつにどっちでも」

と声にしてから、しまった、と思った。どう聞いても拗ねているみたいな言い方だった。彼はわたしに体を寄せてきた。

「おれのことだと思ってるって、知ってるよ。でも、違う」

ゆきえが間に入った。長いつきあいなので、多少は察してくれる。

「ふられたんや？　どんな子？　見た感じいかつくしてる男は、妙に清楚な女が好きやからな。ナチュラルな感じやろ。年上とか？」

「結婚してますから、おれ」

ピアス坊主は甲冑みたいなシルバーの指輪をはめた手を、ゆきえの前で振って見せた。

「あ、そう」

あとは黙って歩いた。けいの足は痛いに違いなかった。もう虫は鳴いていなかった。

目印にしていた白い高層マンションが見えないのでまだ距離があると思っていたから、急に開けた場所へ出て驚いた。

やっとたどり着いた駅の前に、なにもない空間が広がっていた。半年前に来たときにはあった高層マンションが忽然となくなり、白い工事用の柵が敷地を囲っていた。

「広い」

誰が声に出して言ったのか、わたしは忘れてしまった。更地になった場所は、どれくらいの広さなのかすぐにわからないくらい広大だった。高架の駅舎と線路がずっと先まで見渡せた。向こうに見えるマンションが小さく見えるぐらい、距離があった。そこには、重機も残骸も何もなくて、黒い土が均されてあるだけだった。すべての音を吸収するみたいな、静けさがあった。その上の膨大な空間が、わたしたちへのしかかってくるようだった。

途方もない、茫漠とした、さびしい場所だった。暗闇をたたえた湖みたいだった。

暗い巨大な空洞が、そこにあった。そばに、二本の欅が立っていた。梢が風で揺れた。

年が明けての一月の連休に、ゆきえが今度は友だちの本格的な披露宴に出るために、再び泊まりに来た。そのころにはハルツームは最高気温三十三度くらいになってきていたが、ハバロフスクの最低気温がマイナス三十度以下になっていた。旭川はマイナス五度、那覇は二十二度。ソウルや北京は北海道ぐらい、上海は東京、台北は沖縄ぐらいの温度というのもだんだんわかってきた。雪のアイコンはカビの胞子みたいだった。天気予報に登録した都市は増えたが、iPhone のアプリケーションは二つしか増えていなかった。アドレスを交換するやつと、その場でかかっている曲を検索できるやつ。

わたしの部屋は古いアパートの一階なので寒かった。足下を見ると、ゆきえはまだ寝ていた。今朝三時に帰ってきた。仲のいい友だちだったから大泣きしたらしく、目が腫れていた。もう一人宿泊した初対面の涼子ちゃんは既に起きていて、化粧をしていた。涼子ちゃんのメイクはプロ級やから教わったほうがいい、とゆきえに言われたので、睫毛の内側のラインの怖くない入れ方を聞いたが、慣れるしかない、と言われた。

つけっぱなしにしていたテレビはNHKのお昼のニュースの終盤で、ローカルなイベントや季節の話題を紹介していた。洗い物をしかけたわたしの耳に、アナウンサーの声が聞こえた。

「千葉の……市です。祖父から受け継いだ畑で子どもたちに野菜を育てる喜びを教えている小学校教師の女性……」

泡のついた手のまま、台所から部屋に戻って、テレビを見た。わたしと同じくらいの年の女が、畑でインタビューに答えていた。水色のアウトドア仕様のパーカを着ていた。

「とにかく、土ってあったかくてやわらかくて、自然のたましいに直に触れてる気持ちがするんですね」

彼女は、確かに美人だった。たいていの人が好感を抱くような、優しい顔。

「こういうタイプって苦手ー」

マスカラの仕上げをしながら、涼子ちゃんが言った。同意した。わたしは聞いた。

「名前なんやった、この人？」

睫毛用ホットカーラーを睫毛に当てたまま、涼子ちゃんが目だけで見上げた。

「名前？　さあ？」

窓の外を、人影が通った。一階のこの部屋に住んだのは、前に友だちがここに住んでいて、いい部屋に思えて、ちょうど引っ越すタイミングが合ったからだった。でも、東京の冬は寒いから別のところに引っ越したほうがいいかもしれないと思った。二度目の冬だ。

ゆきえが起きてきて、春から東京に引っ越してくる涼子ちゃんの家探しの下見をかねて、三人で散歩に出た。涼子ちゃんは大阪の郊外の比較的道の難しいところの出身なので道には驚かなかったが、木には感心してくれたのでうれしかった。

古いアパート、新しいマンション、瓦を直したほうが良さそうな平屋、子どもの三輪車が置いてある新しい三階建て、二世帯住宅、監視カメラだらけの家。わたしたちはいちいち、古そう、高そう、寒そう、細長い、渋い、金持ちそう、悪いことやって儲けてそう、アルファロメオや、セルシオや、と反射的な感想を言いながら歩いた。たまに、立派な石造りの門柱があって、旧字体で今とは違う住所が書かれた表札がかかっていた。そういう家は必ずその門柱の上に被さるように伸びた松があり、庭に柿や梅や榎などが植わっていた。

緑色の倉庫らしき建物の横に、地下に延びる階段があった。半地下の部屋というのはよく見かけるが、地下へ階段を下りた奥にドアと小さい窓があるだけの、完全な地下室らしき部屋を発見したのは初めてだった。ちゃんと表札があった。

「絶対住みたくないな」

「家賃なんぼ取ってんのやろ」

「ヒカちゃんて相変わらずすぐお金の話するな。ベトナムでも、あのホテル泊まるやつは金持ちやとか時給なんぼやろとか言うててんで」

この先狭くて自動車通行できません、という看板のある路地に入った。いつも洗濯物が雨樋にぶら下げて干されている家の脇を抜けて上り坂に出た。その先の家が観光ポイントの一つだった。竹藪が小山のように盛り上がっていた。敷地にびっしりと生えた竹が奥にある平屋の縁側を貫き、手前に放置された小さい車の中にも竹が生えていた。

「自然って、すごい」

ゆきえは紀行番組で僻地に行ったタレントみたいな声を上げた。泣き出すんじゃないかと思った。

「これ、どっから生えてんの」

涼子ちゃんが車の下を覗き込んだが、塗装が剥げてタイヤが完全にパンクした車体の底は雑草に埋もれていた。窓から覗いてもシートにも床にも穴は見あたらず、車内の竹の根本がどこなのかわからなかった。

「五十坪はあるよな。この辺やったら一億するで」

「竹ってどこまでも増えるから、隣の人恐怖やろねえ」

保育園の角を曲がると、いちばん好きな家があった。赤みがかった瓦屋根の家で縁側があり、玄関の右側には水色の窓枠のサンルームがくっついていた。縁側の庇には葡萄が伝い、最初に見つけたときは薄緑色の実がぶら下がっていた。庭木は梅と桜とミモザ。もうすぐ咲く。

「平和やなー」

ゆきえが言った。寒いけど、日が当たっているところは暖かかった。空は、青色だった。

歩いているあいだに、空き家らしき家をいくつも見つけた。アパートの一階でカーテンもなく中が丸見えのところもあったし、古い大きな家で庭の雑草が伸び放題になっているところもあった。

「どうせ誰も住んでないのに、なんで住ませてくれへんのやろ」

「ええ感じにしといたるのにな。維持費に月二万ぐらい払ってほしいくらい」

「出て行けって言われたら、即出て行くからさ」

かつてはこの家にも賑(にぎ)やかな声が溢(あふ)れていて、なんていうことは全然浮かばなかった。ただ、おじいちゃんかおばあちゃんが死んだか入院したかなにかで、子どもたちには事情か揉(も)め事があるんだろう、とだけ思った。

「でも地震あるから、耐震補強せなあかんな」

神戸にあったゆきえの祖母の家は地震の時に全壊した。十四階のわたしの家では食器が大量に割れてテレビが転がり落ちた。涼子ちゃんは、気づかずに寝ていたらしい。

「わたしは地震より虫とかネズミがいや。でもお店やりたいな、こういう家でカフェとかギャラリーとか、よくない？」

「涼子ちゃん似合うよ」

「やっぱりそう？」

踏切を越えると、お寺があった。奥の墓地との境には、注連縄(しめなわ)をつけた銀杏(いちょう)と楠(くすのき)の大木があった。葉が落ちた銀杏は、低い位置で二股(ふたまた)に分かれ、その先も幹が分かれたという感じの太さの枝が力強く伸び、全体の丸い輪郭を作っていた。葉が出るころに、また見に来ようと思った。涼子ちゃんが、すぐ隣に立つ青い屋根のマンションを見上げて言った。

「ここええな。見晴らしいいし」

「目の前がお墓でも平気？」

「現実的に怖いことするのは、死んだ人より生きてる人間のほうじゃない？」

誰かが言った言葉を、わたしは自分の言葉のように言う。ゆきえがわたしのお金発言を期待している視線に気づいて、付け足した。

「二割ぐらい安くならんかな？」

「あの三階の角部屋がいい」

涼子ちゃんが指差した角部屋のベランダには、オレンジ色の毛布が干してあった。

演劇を見に出かける二人を見送って、一人で隣の駅まで歩いた。去年の九月、夜中に歩いていてたどり着いた駅の前に、また立った。広大な更地は、更地のままだった。白いパネルに囲まれたその場所の上空を、青い空がドームのように覆っていた。

来年には駅ビルが完成して、この広い場所はなくなる。だけど、東京に過去にあった地震か戦争か、今みたいな再開発か、またこれから未知のできごとがあるのかわからないけど、そのたびに、こうしてもとの地面が現れるのだと思った。またいつか、どのぐらい先かわからないけどそのうちに、この場所が、とても長い間そうだった形が、何度も蘇（よみがえ）ってくる。そう思った。

部屋の前まで帰ってくると、はす向かいの雨戸が閉めっぱなしだった古い家の前に、運送会社の軽トラックが停まっていた。トラックの後ろの扉を開き、作業着の男の人が布にくるんだ簞笥（たんす）を積み込んでいた。空き家じゃなかったのか、と驚いて、トラックの陰から部屋の中を覗こうと首を伸ばしていると、背中を叩（たた）かれた。振り向くと、黒いコートに毛糸の帽子をかぶったおばあさんが立っていた。彼女は言った。

「あんた、いつもうちの写真撮ってた人でしょう」

一度も見たことのない、知らない人だった。

あとがき

小説を書き始めるとき、それがどの季節の何曜日のことなのか、考えます。カレンダーを見て、何月の何曜日にしようかな、と。

曜日によって、人の気分も行動も、ずいぶん変わると思うからです。

急な誘いや思いがけないなりゆきがあったとして、翌日仕事があるかそうでないかで、「やっぱやめとこう」と思うか、「ちょっと行ってみよう」と思うか。どちらを選ぶにしろ、そこから新しい展開や感情が生まれてくる。

週末が仕事の人もたくさんいますが、それはそれで忙しいほうのちょっと特別な日だったりします。

わたし自身は、もう何年も、曜日があんまり関係ない仕事をしていますが、それでも、出版社が休みの土日のあいだにここまでやっとこう、とか、なんだか人が多いと思ったら休みだった、とか、やっぱり週末ならではのことがある。周りの人は土日の休みが多いからイベントごとはどうしても週末になるし。

この本に収めた短編は、土曜日か日曜日の話、と思って書きました。

いちばん時間の経っている「蛙王子とハリウッド」から、数か月前に書いた「ここからは遠い場所」まで、「週末」という共通点以外は、つながりを設定していたわけではないのですが、通して読むと、ある小説のすみっこが、別の小説の中に通じているように感じるところを、あちこちに見つけました。

わたしの小説はどれもそうなのですが、小説を書いたり読んだりする現実のわたしたちと同じ街にいる誰かの話と思って書いているので、ある小説に出てきた人物が別の小説の誰かと知り合うということも、現実と同じように起こるんだろうな、と思います。「世間って狭いよね」みたいな感じで。

一度書いた人物がその後もどこかで暮らしているような気がして、今頃どうしてるかなーと、頭の片隅で思うこともあるから、小説同士がつながっていくのかもしれません。八つの短編を書くあいだに、何十回、いや何百回もの週末があったのか、とあらためて考えると驚きますが、寝てるあいだに終わってしまったもったいない週末も含めて、比較的おもしろいことがあったんじゃないかな、と思います。

この本ができるまでに関わってくださった皆さま、これから世に出るこの本に関わってくださる皆さま、そして手に取って読んでくださる皆さまに、心からお礼をお伝えしたいです。

柴崎友香

文庫版あとがき

飛行機に乗って出張しなければならないことがあって、時刻を逆算すると最寄り駅から空港までの電車はラッシュに重なってしまう。スーツケースは絶対邪魔になるから混む前の時間に乗ろうと早起きして意気込んで駅に行ったら人がいない。あれ、今日ってもしかして土曜日？　とそこでやっと気がついた。

意気込んでいた分だけ拍子抜けして、がらがらの車両で朝日を浴びて、自分はこれから仕事なのに、休みのようなそうでないような、時間の隙間で揺られている気分になった。

それくらい、わたしの生活は単行本のあとがきを書いたときにも増して、曜日の感覚が薄れている。曜日の感覚を保ってくれていたテレビ番組も、ほとんど録画して見るようになったのも一因に違いない。

母が美容師で休日が月曜だったため（東京では美容院の休日は火曜日なのを知ったときは驚いた）、子供のころから、週末と休みの日に出かけることが結びついていなかった。今は、三六五日、二四時間開いているお店も多いけれど、それでも行楽地や展覧会の混み具合は平日と週末でまったく違うので、土日が休みの人が多いのやなあ、と思う。

週末がどこからどこまでを指すのか人によってイメージは違うし、カレンダーは日曜日が最初にある。少なくともスケジュール帳は、土日が右端（バーチカルタイプを愛用しているので）にきているのでないと、わたしはしっくりこない。曜日が関係ない生活と言いつつも、どこかで、区切りをつけているのだろう。

終わりと始まりが重なるところ。楽しい気持ちとさびしい気持ちと新しい気持ちの境目。なにかがありそうな気がして、特になにもないまま過ぎていっても、さあ明日から は、みたいなことを、やっぱりどこかで思っている。

自分の本にあとがきを書くことはあまりなくて、文庫版あとがき、というのを書くのはこれがたぶん初めてです。わたしは文庫本が好きで、さっと鞄に入れて出かけて電車や喫茶店で、家で寝転がって片手でページをめくって、と生活の中で欠かせないものなので、自分の本が文庫になるのは、単行本を出すときとはまた違った、穏やかなうれしさがあります。

単行本のあとがきからさらに、この本が誰かの手に届くまで関わってくださった方が増えて、この文庫本ができました。前のあとがきとおなじく、この本にご縁のあったみなさま、これからあるみなさま、ありがとうございます。

読んでくださる人はどんな週末を過ごしているのかなと、この小説の中の誰かとどこかですれ違ったりしてないかなと、想像していたいです。

解説

瀧井朝世

あれは2001年の、週末だったかもしれない。
当時、書店のブックファースト渋谷店は東急百貨店本店の向い、2017年現在〈H&M〉の店舗がある場所のビルに入っていた。その日、2階の文芸書売り場を徘徊していて、ふと棚ざしされている本のタイトルが目に留まった。『次の町まで、きみはどんな歌をうたうの？』。作者名は柴崎友香。知らない名前だった。表紙はセピアがかった空と雲の下に佇む観覧車の写真。手に取ってみて、もう棚には戻さなかった。タイトル&ジャケ買いだった。本を購入する行為なんてそれまでどれほど経験しているか分からないのに、その時のことはなぜか、本当になぜか、はっきり憶えている。

　その本が気に入ったのでフリーペーパーに短い書評を書いた。数年後、某雑誌の特集で著者にインタビューすることになった。驚いたことに、彼女は私が書いた記事を知っていた。友達が教えてくれたのだという。当時彼女はまだ大阪住まいだったが、その後東京に越してきてからは会いやすくなったこともあり、数えきれないほど取材してきた。私のライター生活の仕事記録があるとすれば、柴崎さんの登場回数は異様に多くなるはずだ。

そんな個人的なことをこうして解説で書くのはどうかと思うが、でも書き留めておきたくなってしまう。人にうまく説明できないけれど自分にとって大事だった瞬間を、大切だった時間の流れを、記しておきたくさせる作家なのだ、柴崎友香は。

本作は週末に関係する8篇が収録されている。いちばん古い短篇は「蛙王子とハリウッド」、初出は「野性時代」2006年8月号。最近作は「ここからは遠い場所」、初出は「デジタル野性時代」2012年5月号。約6年にわたり、他社媒体も含めて複数の雑誌に掲載された短篇が1冊にまとまったのが本書である。著者が最初から「いつか週末をテーマにした短篇集にまとめよう」と計画していたかどうかは分からないが、そうでなくともこの作家なら「いつのまにか一冊にまとめられるくらい〝週末短篇〟が溜まっていた」と言われてもうなずける。日常を描写し続ける彼女が、たびたび週末の風景を描くのは不思議でもなんでもないからだ。

多くの人にとって週末といえば休みなのだろう。本作でもライブに行ったり、ドライブしたり、結婚式に出席したり、知人の家に集まったりと、日頃のルーティンとは異なる過ごし方をする人が多い。その一方で、大学の入試を受けている学生もいれば、風邪で寝込んで正月を過ごす女性、駅ビルで忙しく働いているショップ店員もいる。著者もあとがきで言及しているが、地続きの世界の中で、いろんな人たちがあちこちで、いろんな週末を過ごしているような感覚をおぼえられるのが楽しい。

そんな本作には、柴崎作品のエッセンスが詰まっている。

まず、場所というモチーフ。もちろん、各短篇の舞台のことだ。関西もしくは東京が主な舞台で、神戸だったり池袋だったりと、具体的な地名も出てくる。「ハッピーでニュー」のように主人公が風邪をひいて自分の部屋に籠りきりという話もあるが、多くは場所から場所への移動という動きが加わることが多いのが特徴だ。たとえば「蛙王子とハリウッド」では、主人公は神戸の妹の家から知り合ったばかりの男の子のアルバイト先のブックストアへと出かけ、そこから近所のコンビニにお茶を買いにいき、やがて迎えに来た妹の自転車でその場を離れていく。移動にともなって見える景色も異なっていくし、隣にいる人も変わってくる。他の短篇でも、自転車に乗ってお祭りを見に行ったり、試験の翌日に公園を散歩したり、池袋から下北沢まで移動したりと、多くの人は自分の居場所を移し、その変化を著者は丁寧に拾い上げていく。大阪から姫路城を目指すドライブの道中を描いた「つばめの日」のように、移動そのものが主題になっている週末話もある（ちなみに『次の町まで、きみはどんな歌をうたうの？』も、大阪から東京まで車で移動する話だ）。また、1日のうちの場所の変化ではなく、大阪から東京へ越してくるなど、生活圏の移動が描かれることも多い。柴崎作品を読んでいると、人はつねに動き続けるものなんだという印象が強くなる。

また、空間描写も彼女の作品では重要な要素だ。その上手さは本書を読めばすぐ分かる。たとえば「蛙王子とハリウッド」の冒頭、ビルの一室のブックストアの店内を見渡す主人公の目を通した空間の描写。さらには、道を歩いていてすれ違う人といった、主人公の目に入ってくるものを逃さず丁寧に言及していく手法で、彼もしくは彼女と同じ目線からのものと同じ世界をこちらの脳内に再現させてくれる。

さらに、主人公たちの胸に沸き起こる、いわく言いがたい感興を逃さないのも読みどころだ。「蛙王子とハリウッド」の、ブックストアでアルバイトをする男の子に対して抱く、恋愛とはまた違う種類の興味、「ハッピーでニュー」の同世代の女優の発言になぜか抱いてしまう〈重く冷たい感触〉など、ひと言では説明できない心の動きが生まれる瞬間を描き込む。それは読者にとってもかつて自分も同じ感覚を抱いたことがあるかもしれない、けれど特に気にしていなかった、という類の感情。多くの人がすぐ忘却の彼方へと追いやりそうなそのかすかな感触を、著者は大事に育んでいる。「ハルツームにわたしはいない」には、これは自分のことを素直に書いたのだろう、と思わせる一節がある（228ページ）。

〈わたしは、たとえばいったんは拾った領収書のことも、行きの電車で見たおばあさんが女の人のスカートを直した瞬間を目撃したことも、同じなにかと関係があると思っていて、話したかった。だけど、今言うとたぶん、偶然や善意や、願えば叶うという類の話に、自分でもなってしまいそうだから、言わなかった。そうじゃなくて、誰かが目撃しなかったり気づかなかったりしたら、過去のそのできごとは存在しないのと同じなの

か、それとも、誰も知らなくてもやっぱり存在したこと自体は消えないのか、というような話をしたかった。〉

まさに、刹那的にとらえたかすかな感覚を〈偶然や善意や、願えば叶うという類の話〉ではないものにさせたものたちが、著者の作品群とはいえないだろうか。

彼女が描きだすエピソードの多くは、自分も似たような体験をしたことがあるかも、と思わせるくらい日常的なものだ。それでも登場人物たちが特別な時間を過ごしているように楽しく読めてしまうのは、もちろん一連の出来事の切り取り方の上手さもあるだろうし、描写の巧みさもあるだろうし、視点の置き方の絶妙さもあるだろう。その筆力でもって著者は「なんでもない日常でも柴崎さんの目を通すと面白くなる」と言われることもあるが、でも、よくよく読んでいけば、ちょっと違うなと思うのでは。彼女が表現しているのは「なんでもない日常」ではなく、「なんでもない日常なんてない」ということなのだ。平凡そうな誰かの平凡そうな体験も、実はその時その瞬間だけの取り換えのきかないものだと教えてくれるのが柴崎作品だ。その真摯なまなざしから導き出されるのは、この作家は〝一回性〟というものの貴重さをよく分かっている、ということだ。

同じことは二度と起こらない。それが一回性というものだ。普通に生きていて、その日その場所で起きたことがもう二度と起きないということに対し、この作家は自覚的である。三宮のイベントに行った夜も、同僚が家にやってきたお正月も、意外な成り行きをみせるドライブ旅行も、その時に見て聞いて話したことも、決してもう再現はできない。だから一瞬一瞬が奇跡的。それだけではない。この作家は、その場所以外のどこかで起きている一回性にも思いを馳せているのだ。行ったこともないアフリカの街の気温を何度も確認する「ハルツームにわたしはいない」などには、その特徴がよく表れているだろう。他の作品を挙げるなら、『その街の今は』や『わたしがいなかった街で』を強く推したい。

自分がいる場所を強く自覚しつつ、自分のいない遠い場所、あるいは自分がいない遠い過去へと視線を投げかけているから、作品世界に奥行きがある。まったくもって一秒たりとも何気なくない日常をとらえている、稀有な作家である。そして、そのとらえ方は、そのまま日常の肯定につながる。意義だの意味だのというものを必要とするまでもなく、人間の日々はそのままで充分豊かだという示唆、つまりそれは、人生というものの肯定だということだ。その懐の深さが、私は泣きたくなるくらい好きだ。渋谷のブックファーストで彼女の本を手にとったあの(週末だったかもしれない)日から、彼女はずっと、それを教えてくれている。もちろん、これからもそうだと信じている。

この作品は二〇一二年十一月、小社より単行本として刊行されました。
作中の個人、団体、事件はすべて架空のものです。(編集部)

週末カミング

柴崎友香

平成29年 1月25日　初版発行
令和6年 11月15日　4版発行

発行者●山下直久

発行●株式会社KADOKAWA
〒102-8177　東京都千代田区富士見2-13-3
電話　0570-002-301(ナビダイヤル)

角川文庫 20159

印刷所●株式会社KADOKAWA
製本所●株式会社KADOKAWA

表紙画●和田三造

ISBN978-4-04-104827-6　C0193

◆◆◆